JN261619

思いどおりに作詞ができる本

リスナーの心をつかむ歌作りの実践テクニック

田口 俊 著

推薦のことば

「こんな本を読んでいるようでは作詞家になんてなれるわけないよ」と言っている田口君の顔が浮かんできます。たしかに本を読んで作詞ができるくらいなら、日本中作詞家だらけになっていてもいい。日本人は基本的にペシミスティックなアーティスト予備軍だから、きっかけさえ掴めば作詞家になれますとも。じゃあそのきっかけとは何?と問われたとき、その答えはこの本にあるかもしれない、と思いました。

田口君流の狭い入口から入るやり方は、人によっては抵抗があるかもしれません。でも、無理やり進んでいけば必ずゴールにたどりつかせてくれるはず。そして、そのときあなたは考えるでしょう。作詞っていったい何だ?と。これこそが本当の作詞家への入口なんだと思います。してやったり、という田口君の顔が浮かんでくるようです。

松任谷正隆

は　じ　め　に

　作詞にかぎらず、音楽や絵画、その他芸術に関わるものは、本来すべて自由に作ればよいものです。そして芸術にかぎらず、たとえばスポーツでさえ、速ければ、強ければ、ルールのなかで自由にやればよいはずのものです。デッサンなどの基礎を知らない3歳の子供が描いた絵は、それはそれで素敵ですし感動的だったりします。先住民族の手拍子だけの雄叫びから、オーケストラに匹敵するパワーを感じたりもします。

　さて、みなさんはピカソの自由な絵を見たことがあるでしょう。マイルス・デイヴィスの自由なトランペットを聴いたことがあるでしょう。もっと身近にダウンタウンの自由なコントで笑ったことがあるでしょう。

　でも、天才と呼ばれる彼らの初期の作品に触れたら、みなさんは愕然とするでしょう。写真のようなピカソの絵、オーソドックスなマイルスのペット、正当派なダウンタウンの漫才。天才と呼ばれるアーティストやアスリートですら自由な表現やフォームにたどりつくまでに、完璧な基礎を経てきたのです。

　残念ながら僕は天才ではありません。まれにいいフレーズができたときは"天才かも!?"と勘違いしそうになることはありますが（笑）。そんな僕が30数年この音楽業界で音楽だけで生き続けることができた理由には、2人の偉大なプロデューサー

との出会いがあります。ひとりは須藤晃、ひとりは松任谷正隆。1980年にデビューしてすぐに、彼らのプロデュースのもとで作品を作る機会に恵まれ、今も一緒に仕事ができることは、はっきり言って幸運以外の何物でもありません。

　彼らからは本当に本当に多くのことを学びました。僕は彼らを勝手に師と仰いでいますが、きっと彼らは"そんな弟子をとった覚えもないし、多くを教えた覚えもない"と思っているでしょう。そんなふたりの師に"君の詞はいいよ"と褒められ有頂天になっていたデビューしたての僕は、彼らからボツや書き直しを命じられるたび生意気にも、それは"いいと思える物の「感性」が違うのだ"と思いこんでいました。でも彼らと何年も仕事をしているうちに気づいていったのです。それは"いいと思える物の「レベル」が違うのだ"と。

　"音楽は、作詞は、自由に作ればよい"と思っているかもしれないみなさんに、基礎中の基礎を知ってもらうつもりでこの本を書いてみました。その基礎が、最終的に自由に書くために少しでも役立ってもらえればうれしいです。ひょっとしたらこの本は、30数年前プロになったばかりの思い上がった自分に書いたのかもしれません。

田口 俊

目次

第1章 "詩"ではない、"音楽としての作詞"の基礎がわかる！

作詞の基礎①	自分の気持ちを書いてはいけない	10
作詞の基礎②	作詞はチーム・プレー	12
作詞の基礎③	1行目から書いてはいけない	18
作詞の基礎④	サビの作り方	20
作詞の基礎⑤	Aメロの作り方	26
作詞の基礎⑥	Bメロの作り方	32
作詞の基礎⑦	基礎編のおさらい	36

第2章 書きたいテーマが見つかる！

QUESTION. 1	歌詞のテーマはどのように決めますか？	40
QUESTION. 2	ターゲットが絞れない場合どうしたらいいでしょう？	42
QUESTION. 3	曲をもらったら、まずどこを聴くのですか？	44
QUESTION. 4	詞を書くときは誰の視点で書くのですか？	46
QUESTION. 5	詞は自分の体験をもとに書いたほうがいいですか？	48
QUESTION. 6	恋愛をテーマにする場合どんなものがありますか？	52
QUESTION. 7	恋愛以外にテーマとすべき題材を教えてください。	56
QUESTION. 8	タイトルはいつ、どのようにつけますか？	58
QUESTION. 9	放送禁止用語など、使ってはいけない言葉は？	60
QUESTION. 10	詞に商品名や個人名を入れるのは問題ですか？	62
QUESTION. 11	国語の成績が悪いです。作詞に影響しますか？	64

QUESTION. 12	異性が主役の詞を書く際のコツを教えてください。	66
QUESTION. 13	詞先で作詞をする場合の注意点はありますか？	68
QUESTION. 14	作詞をするうえで普段から行なうべきこととは？	70

第3章　言葉がメロディにピタリとハマる！

QUESTION. 15	メロディにはどうやって言葉をのせるのですか？	74
QUESTION. 16	"ゃ""っ""ー"の音符の当てはめ方は？	78
QUESTION. 17	音符と詞の関係でやってはいけないことは？	80
QUESTION. 18	英語はどのように音符に当てはめますか？	82
QUESTION. 19	コーラスはどのように作ったらいいですか？	84
QUESTION. 20	曲のコードも詞と関係がありますか？	86
QUESTION. 21	歌詞の言葉数が少ないとき隙間を埋める秘訣とは？	88
QUESTION. 22	既存の曲の替え歌を作ることも役立ちますか？	90

第4章　リアルな表現が可能になる！

QUESTION. 23	情景描写の上手な方法を教えてください。	94
QUESTION. 24	いつも歌詞が抽象的だね、と言われてしまいます。	98
QUESTION. 25	効果的なサビの作り方を教えてください。	100
QUESTION. 26	リスナーを引きこむAメロの作り方は？	102
QUESTION. 27	Bメロがどうしても出てきません。	106
QUESTION. 28	1番と2番はどのように書き分けますか？	110

QUESTION. 29	使い古された表現しか思いつきません。	112
QUESTION. 30	うまく韻を踏むにはどうすればいいですか？	114
QUESTION. 31	季節感を出すために有効な方法とは？	116
QUESTION. 32	倒置法を使うと効果的でしょうか？	118
QUESTION. 33	携帯電話など時代性の出る小物を使う際の注意点は？	120
QUESTION. 34	文字にしたときの表記も意識するべきですか？	122
QUESTION. 35	やはりボキャブラリーは多いほうがいいですか？	124
QUESTION. 36	CMやタイアップの詞はどう書いているのですか？	126

第5章　優れた作品に学ぼう！

SELECTION. 1	「Summer Days」斉藤和義	130
SELECTION. 2	「スローバラード」RCサクセション	132
SELECTION. 3	「NIGHT WALKER」松任谷由実	134
SELECTION. 4	「赤ちょうちん」かぐや姫	136
SELECTION. 5	「津軽平野」吉 幾三	138
SELECTION. 6	「上を向いて歩こう」坂本 九	140
SELECTION. 7	「つけまつける」きゃりーぱみゅぱみゅ	142
SELECTION. 8	「Stolen Car(Take Me Dancing)」スティング	144
SELECTION. 9	「Hotel California」イーグルス	146

APPENDIX

楽譜の基本的な読み方 ……………………………………… 150
覚えておきたい音楽用語集 …………………………………… 152
押さえておくべき洋楽アルバム15選 ………………………… 154

COLUMN

プロの作詞家になるには？ ……………………………………… 38
須藤晃さんに教えられたこと …………………………………… 72
松任谷正隆さんから学んだこと ………………………………… 92
センスは自分で磨くもの ………………………………………… 128
自分の作品がリリースされたら ………………………………… 148

本書を読み進めるにあたって

　本書は、おおまかに下記のような構成になっています。

第1章　著者が提唱する作詞の基礎
第2章〜第4章　作詞のお悩みQ&A
第5章　既存の曲を例にした歌詞の解説

　本書における"作詞の基礎"を知っておかないと、Q&Aの回答が意図することを理解しづらい部分もあるので、まずは第1章から目を通してほしいと思います。第1章を読んだあとはお好きなところから読んでいただいてかまいませんが、最初のページから順番どおりに読み進めていくと、作詞をより体系的に学ぶことができるでしょう。

　まずは最初から最後まで順番に読み、その後作詞に行き詰まったときに該当するQ&Aを読み直す。そんなふうに本書を活用してもらえると幸いです。

第1章

"詩"ではない、"音楽としての作詞"の基礎がわかる！

最初に、本書が提唱する作詞の基礎をレクチャーします。
もしかしたら、あなたの考える"作詞"のイメージとは
随分かけ離れたことが書いてあるかもしれません。
しかし、あらゆることに学ぶべき"基礎"があるように、
作詞にも当然"基礎"があるのです。

作詞の基礎①
自分の気持ちを書いてはいけない

■ なぜ自分の気持ちを書いてはいけないのか？

初めに、みなさんが今まで自由に書いてきた作詞の概念はおおまかに、

①作詞は自分の心の主張を誰かに伝えるものである
②作詞は孤独との闘いである

といった感じかと思います。これまで僕が教えてきた作詞の生徒のほとんどがそうでした。でも"文学的"ではなく"音楽的"な詞を書くうえで僕が最初にみなさんに教える基礎中の基礎とは、

①作詞は自分の気持ちを書いてはいけない
②作詞はとてもたくさんの人数のチーム・プレーである

ということです。

　まず、なぜ作詞は自分の気持ちを書いてはいけないのかを簡単に説明しましょう。ここにあなたの知らない〇山〇子という人物の書いた本が2冊あるとします。ひとつは『わたし〇山〇子の半生』という本。もう1冊は『血液型、出身地、名前、手相、すべてを組み合わせた、あなたのこの10年』という占いの本。さてあなたはどちらの本を手にとるでしょう？

| わたし△川△夫の息子の入学式 | あなたの高校時代の部活のワンシーン |

　もうひとつ例を出しましょう。ここにあなたの知らない△川△夫という映像作家の作ったDVDがふたつあるとします。ひとつは『わたし△川△夫の息子の入学式』という2時間超大作の完璧に編集されたDVD。もうひとつは、たまたま△川△夫が昔、携帯のムービーで偶然流し撮りした1分程度の『あなたの高校時代の部活のワンシーン』というDVD。さてあなたはどちらのDVDを手にとるでしょう？

■作詞はリスナーの代弁である

　タネを明かせば、○山○子や△川△夫は、まさに詞を書こうとしているあなたのことです。そして、迷わず『～あなたのこの10年』『あなたの高校時代の部活のワンシーン』を手にとった人は、リスナーのことです。リスナーはあなた（○山○子、△川△夫）が主張しようとしていることなど何も興味がなく、自分のことがリアルに反映されている作品に出会おうとしているのです。

　つまり作詞の基礎とは、作詞はリスナーの代弁であり、楽曲とリスナーを結びつける触媒である、ということです。この話をすると、なかには"それはリスナーに媚びるということではないですか？"と反論する方がいます。でもそれは的外れです。料理人は自分がおいしいと思う料理を作るのでしょうか？　お客様がおいしいと言ってくれる料理を作るのでしょうか？　後者の場合、料理人はお客様に媚びているのでしょうか？　まぁもちろん自分がおいしいと思えない料理を人がおいしいと思うはずはないのですが。

作詞の基礎②
作詞はチーム・プレー

■ CDの制作に携わる人々

　作詞は自分の気持ちを書いてはいけないということがなんとなくおわかりいただけたでしょうか。実は作詞で自分の気持ちを書いてはいけない理由がもうひとつあります。それは作詞がとてもたくさんの人数のチーム・プレーであるという2番目の基礎、というより基本と密接に関連しています。自分の気持ちを書いてはいけないもうひとつの理由と、たくさんの人数のチーム・プレーであることを証明するには、まず、ひとつのCD作品がどのように作られるかを理解しておかなければいけません。そこで、わかりやすいように図を載せておきます（**図1**）。

　まず❶がアーティストです。❶は❷という事務所に所属し、そこからお給料をもらいます。事務所は所属アーティストの出演料など営業で得る収入で成り立っています。❸は❶のCDを出すレコード会社です。レコード会社はCDの制作費を出し、CDの売り上げがレコード会社の収入になります（CDの原盤権も保有します）。

　さて、事務所とレコード会社間でアーティスト❶を今年の夏、アルバム・デビューさせようということになりました。アーティスト❶は18歳の女性ロック・シンガーだったとしましょう。まずスタッフは、彼女のCDを誰に向けて作るのか、ということを考えます。CDを買ってくれるリスナーは異性？　同性？　異性が多いほどアイドル的であり、同性が多いほどカリスマ的、コア的といえます。異性のファンが多いジャニーズやAKB48などはアイドルの代表です。逆に同性のファンが多い矢沢永吉や宝塚などはカリスマやコアの代表です。

　楽曲はどんなタイプの曲？　アメリカっぽいロック？　UKロック？　詞の世界はメッセージ色の強いもの？　それともラブ・ソング？　リスナーの年齢層は同世代？　幅広い世代？　などなど、徹底的にリスナーを絞り込みます。今回は下記のように決まったとしましょう。

同性同世代ターゲット、メッセージ色の強いUKオルタナ・ロック

図1

第1章 "詩"ではない、"音楽としての作詞"の基礎がわかる！

- ① アーティスト
- 事務所 ②
- レコード会社 ③
- ④ プロデューサー
- ⑤ アレンジャー
- ⑥ レコーディング・エンジニア
- ⑱ マスタリング・エンジニア

作曲家
- ⑦ ⑧ ⑨

ミュージシャン
- ⑩ ギター
- ⑪ ベース
- ⑫ ドラム
- ⑬ キーボード
- ⑭ パーカッション

作詞家
- ⑮ ⑯ ⑰

ビジュアル班
- ⑲ デザイナー
- ⑳ スチール
- ㉑ ムービー
- ㉒ ヘアメイク
- ㉓ スタイリスト

13

そして次に④のプロデューサーが選ばれます。プロデューサーがどんな役割をするかというと、わかりやすく言えば"監督"です。映画監督や野球やサッカーの監督とまったく同じです。俳優や選手、それに伴うすべてのスタッフを選び、優勝やヒット作を期待されると同時に失敗した場合の責任も負わなければならない重要な役割です。プロデューサーは"やりたいです"と手を挙げて誰もがなれるものではありません。いい音楽を作ることは当たり前で、それ以上に経験やヒットの実績がないとできない仕事です。それは当たり前のことです。CDの制作に多額のお金がかかるわけですから、どんなに最低の場合でもトントンの結果を出さなければいけないのです。2000万円の制作費がかかったのなら、最低でも2000万円以上の売り上げがなければ、ヘタをすると会社が潰れてしまいます。

　プロデューサーはまず自分のチームのメイン、⑤アレンジャーと⑥レコーディング・エンジニアを招集します。映画チームでいえば脚本家とカメラマンのような存在です。いよいよ曲作り。まず作曲家⑦〜⑨に、それぞれ4曲ずつ発注します。発注内容は"アーティストは18歳の女性ロック・シンガー。同性同世代ターゲット、メッセージ色の強いUKオルタナ・ロック"。締め切りが決められ、やがて3人の作曲家から曲が上がってきます。何度かボツや手直し、書き直しが行なわれ、完成した曲は⑤アレンジャーに渡り、オケのレコーディングが始まります。アレンジャーにはお気に入りのミュージシャンたちがいます。⑩ギタリスト、⑪ベーシスト、⑫ドラマー、⑬キーボーディスト、⑭パーカッショニスト……コーラス隊やブラスなどの楽器を使えば、もっとミュージシャンは増えます。

　そして演奏が始まります。どんなふうに演奏するのか？　キーワードは"アーティストは18歳の女性ロック・シンガー。同性同世代ターゲット、メッセージ色の強いUKオルタナ・ロック"。プロのミュージシャンたちによるUKオルタナ・ロックっぽい演奏でオケが完成しました。

■ 作詞家は何を書くべきか？

　そしてやっとあなたたち作詞家⑮〜⑰に依頼がきます。さてここで問題です。あなたに依頼された4曲。あなたはどんなテーマ、内容の詞を書きますか？　"作詞は自分の心の主張を誰かに伝えるものである"と思っていたあなたは、自分の思いを今回の詞で一気に伝えるでしょうか？　残念ながら結果は全詞ボツです。思い出してください。誰も『○山○子の半生』

第1章 "詩"ではない、"音楽としての作詞"の基礎がわかる！

18歳の女性ロック・シンガー

同性同世代ターゲット

メッセージ色の強い
UKオルタナ・ロック

『△川△夫の息子の入学式』など聴きたくないのです。

　ではどんな詞を書けばよいのでしょう。もうおわかりですね。"18歳前後の女性に向けたメッセージ色の強いUKオルタナ・ロック"な詞を書くのです。何度か書き直しを依頼され、めでたくOKが出たあなたの詞は、後日やっとオケに合わせ、アーティストによるヴォーカル・レコーディングが終わりました。

　これまでレコーディングされたすべての音源は、❻レコーディング・エンジニアが管理し、彼の手によってミックスが行なわれます。CDの善し悪しはレコーディング・エンジニアの腕にかかっているといっても過言ではありません。どんなにいい曲、いい演奏、いいアレンジ、いい詞、いいヴォーカルがあってもそれを完璧な音として再現できなければ、作品は台無しです。最後に⓲マスタリング・エンジニアによりマスタリングという作業を経てCDの"音"の部分が完成になります。

　"音"の部分と書きましたが、このチームは"音"班以外にもほかの場所でほかの班が稼働しています。それは"ビジュアル"班です。⓳デザイナー、⓴スチール・カメラマン、㉑ムービー・カメラマン、㉒ヘアメイク、㉓スタイリスト、などなど。名前を聞けばどんな作業が行なわれているかおわかりでしょう。"音"班のレコーディング作業と並行して、CDジャケットやポスターなどの撮影が行なわれていました。では㉓スタイリストはどんな服を選んできたのでしょう？　㉒ヘアメイクさんはアーティストにどんなメイクをしたのでしょう？　……そうです。"18歳前後の女性に支持を得られそうなUKなビジュアル"がキーワードで、この班も動いていました。

冒頭に書いた基礎、

①作詞は自分の気持ちを書いてはいけない
②作詞はとてもたくさんの人数のチーム・プレーである

という意味がおわかりいただけたでしょうか。

　ここまでだけでも、誰一人として欠けたら作業がストップしてしまう20人以上のスタッフが登場しました。もっとすごいことに、それぞれのスタッフにはそれぞれマネージャーがいる、ということです。これで一気にスタッ

フの人数は倍になりましたね。その何十人というスタッフは、確かなキーワード "アーティストは18歳の女性ロック・シンガー。同性同世代ターゲット、メッセージ色の強いUKオルタナ・ロック"をベースに、全員が同じ方向を向いてプロの作業を進めていくのです。

作詞の基礎③
1行目から書いてはいけない

■ 詞はサビから作り始める

　次に"最終的に自由な詞を書く"ために、みなさんに伝えておきたいことをもうひとつだけ書いていきます。

それは、

③詞は１行目から書いてはいけない

という基礎です。

　"書いてはいけない"という表現はいささか極論的な表現です。曲の３要素に作曲、編曲、作詞、とありますが、詞も作曲や編曲と同じ方法で文学的にではなく音楽的に作る方法を、まずは覚えてほしいのです。この基礎を知らずに１行目から書き始められた詞は、音楽ではなく文学に近いものになってしまいます。

　では、作曲家やアレンジャーはどの部分から曲を作っているのでしょう？　友人の作曲家やアレンジャーに徹底的にリサーチしてみました。彼らのほとんどから"サビ"からメロディやアレンジを考え始める、という答えが返ってきました。そうなのです。曲の３要素のうちの２つがサビから作り始められているということは、詞もサビから作り始めるのが基礎中の基礎となります。

　ならば作曲者はどのようにサビを作っているのでしょう？　アレンジャーはどのようにサビをアレンジするのでしょう？　まとめてみました。

【作曲家】
●覚えやすいキャッチーなメロディ
●エモーショナル（感情、感動的）なメロディ
●誰でも歌えるシンプルなメロディ

【アレンジャー】
● 曲のなかで一番盛り上がるアレンジ
● ライヴなどで、ノリやすいアレンジ
● 覚えやすいハデなアレンジ

これだけではありませんが、いかがでしょう？　作曲家もアレンジャーもほぼ同じ考えで、最初にサビを作り始めています。これを詞に当てはめてみると、

● サビはシンプルで覚えやすくエモーショナルな詞

ということになります。

■ 文学ではない"音楽としての詞"

みなさん、お手元に洋楽のCDをお持ちでしょうか？　どれでもかまわないので、その歌詞カードを見てみてください。訳詞ではなく原詞の部分です。サビのフレーズの前に（chorus）＝コーラスと書かれている場合があります。これは"ここからコーラスが入る"という意味ではありません。どういう意味かというと"ここから先はコンサートでみんな一緒に歌う（コーラスする）から、この部分だけでも覚えてきてね！"という意味の（chorus）なのです。これを先ほどの"詞のサビはどう作るか"にさらにつけ加えてみると"覚えやすくシンプルで、みんなで大合唱できるエモーショナルなサビ"からまず作り始めるということになります。

ではサビの次はどこを作ればいいのでしょう？　これも作曲家やアレンジャーの作る順番どおり作ってみましょう。答えを先に書くと、彼らの多くは"サビ→Ａメロ→Ｂメロ"の順に作っています（もちろんそうでない場合もありますが）。そうです、作詞もこの順で作ることが、基礎中の基礎になります。これが作曲やアレンジと一体となった、文学ではない"音楽としての詞"の作り方なのです。この作り方を最初にマスターしてしまえば、この本で僕が伝えたいことの半分はマスターしてもらえると思います。

ここから先、みっちり"サビ→Ａメロ→Ｂメロ"の順の詞の書き方を説明していきます。ここを理解してもらわないと、２章以降のＱ＆Ａでお答えする"テクニック"の部分も効果がなくなってしまいます。

作詞の基礎④
サビの作り方

■ アレンジと演奏を理解する

　図2を見てください。これはポップスなどで多い典型的な構成のとある曲について作曲、アレンジ、各楽器パートがAメロ、Bメロ、サビをどのように作り、どのように演奏しているか、という表です。まずこれを頭に叩き込んでください。

　今までみなさんは、たとえばBメロでキーボードがどのように弾いているか、Aメロでドラムがどのように叩いているかなどを考えることもなく詞を書いていたと思います。はっきり言ってその詞は音楽ではありません。その曲に携わるすべてのパートを理解して、初めて音楽としての詞を書くことが可能になります。

　ではこの表をもとにサビ→Aメロ→Bメロを作り始めてみましょう。

　表の"サビ（Cメロ）"を見ていただければわかるとおり、全員のキーワードは"エモーショナル"、そしてメロディのキーワードは"シンプルで覚えやすい"です。では"エモーショナル""シンプルで覚えやすい"フレーズとはどのようなものか考えてみましょう。答えはとても簡単です。言葉で考える前に最初に口をついて出てくる感情を表わす"気持ち"です。

■ サビにはプリミティブでシンプルな言葉をのせる

　たとえば沸騰したヤカンのお湯に指が触れた瞬間、みなさんは何と言いますか？　"アチッ！"以外のことを言う人がいるでしょうか？　"100℃に沸騰した熱湯が指の皮膚を〜!!"と叫ぶ人がいるでしょうか？

　たとえば今日一日何も食べていなくておなかがペコペコのとき、夜中TVでラーメンのCMを観た瞬間、みなさんは何と言いますか？　"うまそ〜""おなかすいた〜""食べたい〜"以外のことを言う人がいるでしょうか？"遅刻しそうで何も食べずに出かけ、残業で食べる時間がなかった〜"と最初に口にする人がいるでしょうか？

図2

	Aメロ	Bメロ	サビ（Cメロ）
作曲	●キーC ●メジャー7th（シ）と9th（レ）の音をメインに動きの少ない淡々としたメロディ ●分数コードを主体としたコード進行	●転調 ●大きな（長い音符の）メロディ	●キーC ●シンプルで覚えやすく、エモーショナルなメロディ ●4度Fから始まるAmを中心にしたキャッチーなコード進行
アレンジ	●8ビート ●分数コードを生かした淡々としたアレンジ	●16ビート ●全体的に全音符でスケールの広がるアレンジ	●8ビート ●エモーショナルで疾走感のあるアレンジ
ギター	●淡々としたアルペジオ	●全音符でコード弾き（ハイ・ポジション）	●1、5、8度のパワー・コードで8分音符刻み ●オーバードライブ ●ff エモーショナルに
ベース	●分数コード：C→Dm/C→Em/C→Dm/Cのように、ルートはCのままの4分音符刻み	●全音符	●ルートの8分音符刻み
ドラム	●8ビート ●ハイハット：クローズで8分 ●スネア：2拍4拍 ●バス・ドラム：4分 ●アクセントをつけずに淡々と	●16ビート ●ライド（カップ）：8分 ●スネア：3拍目 ●バス・ドラム：1拍目 ●mp	●8ビート ●ハイハット：オープンで8分 ●スネア：2拍4拍 ●バス・ドラム：4分 ●ff エモーショナルに
キーボード	●ピアノ：コードを全音符	●ピアノ：8分音符アルペジオ ●大きなメロディのシンセ・ストリングス	●ピアノ：1拍半アクセントで8分刻み ●ff エモーショナルに

第1章 "詩"ではない、"音楽としての作詞"の基礎がわかる！

たとえば突然恋人に"別れよう"と言われたら、最初に口をついて出てくる言葉は何でしょう？　"え？　何で？""どういうこと？""どうして？"と、きっと言うでしょう。"同じ夢を追いかけたのに？""どちらが先に大人になってしまったの？"などとその瞬間に言う人がいるでしょうか？

　つまりサビの一番エモーショナルなメロディとアレンジのフレーズには、一番エモーショナルな言葉がのるべきなのです。しかもそのフレーズはプリミティブな（最初に口をついて出る原始的な）フレーズでなければメロディやアレンジとリンクしません。"いやだ！""痛い！""会いたい！""悲しい！""幸せ！""やった！""好き！""嫌い！""サイテー！"などなど。

　プリミティブなサビのフレーズを見ると、ひとつ気づくことがあります。それは年齢、時代、性別、国などに関係なく、人間そのものが感じる原始的な感情である、ということです。100年前のアジアの6歳の男の子にも100年後のヨーロッパの70歳のおばあさんにも"寂しいよ""うれしいよ"という感情は共通なのです。時代や国がどんなに違っても、笑い声と泣き声は万国そしてどの時代も共通です。

ところが！　ここでひとつ大きな問題があります。それは、みなさんにはプリミティブでシンプルなフレーズが書けないのです！　正確に言うと"書けない"のではなく"書かない"のです。なぜみなさんはプリミティブでシンプルなフレーズを"書かない"のでしょう？　答えは簡単です。サビのアタマで"愛してる"だの"悲しい"だの"会いたい"だの、そんな小学生でも書けそうな簡単なフレーズを書くのは、自分の才能を低く見られそうで"書かない"のです。"自分は誰も考えつかないもっと高度なフレーズが書ける"と、みなさんはシンプルな感情表現をしたがりません。

　ではここでP.10で書いた"作詞は自分の気持ちを書いてはいけない"という部分を読み返してみてください。"自分にしか書けない、誰も考えつかないもっと高度なフレーズ"こそが、『わたし△川△夫の息子の入学式』という２時間の超大作にほかならないのです。何度も言いますが、自分の才能を知らしめるために詞を書いてはいけないのです。"熱湯に指が触れた人の気持ち""ラーメンのCMを見た人の気持ち""突然恋人に別れようと言われた人の気持ち"を代弁するために詞を書くのです。それこそが作詞の基礎であり作詞の普遍的な書き方です。これを飛び越してしまうと、みなさんはずっと『わたし△川△夫の息子の入学式』という詞しか書けないでしょう。サビは勇気を持って"小学生でも書けるシンプルな感情"を書いてください。

■ "How"でオリジナリティを出す

　さて、ここからが"サビの作り方"の本番です。"小学生でも書けるシンプルな感情"がどうすればオリジナルなフレーズになるでしょう？　一番オーソドックスで効果的なテクニックがあります。それは"How"つまり"どれくらい"を書くことです。

　日本には昔からとてもオリジナリティにあふれた素敵な表現があります。たとえば"欲しい！""かわいい！""忙しい！"といった原始的な感情が下記のような独創的な表現になります。

- **"のどから手が出るほど"欲しい！**
- **"目のなかに入れても痛くないほど"かわいい！**
- **"猫の手も借りたいほど"忙しい！**

第1章　"詩"ではない、"音楽としての作詞"の基礎がわかる！

小学生でも書けるシンプルな感情が、見事に独創的なフレーズになっています。

●"ほっぺたが落ちるほど"おいしい！
●"おなかと背中がくっつくほど"腹ぺこ！

　まだまだ書き出せばきりがありません。このオリジナリティあふれる"How"と"小学生でも書けるシンプルな感情"を組み合わせるのです。"眠い！"……どれくらい"眠い！"のでしょう？　"世界中の目覚ましを壊してしまいたいほど"眠い！のか……、"冬眠したいほど"眠い！のか……。みなさんも考えてください。

●"会いたい！"……どれくらい"会いたい！"のでしょう？
●"寂しい！"……どれくらい"寂しい！"のでしょう？
●"好き！"……どれくらい"好き！"なのでしょう？

■ "感情"を書くときの注意点

　さて、ここでアマチュアの方が詞を書くときによく陥る注意点をひとつ挙げておきます。それは詞が"大げさになってしまう"ということです。"大げさすぎる"を言い換えれば"ロマンチックすぎる""ドラマチックすぎる"といったことです。

　人間の感情にはメーターがMAXに振りきった激しいものから、ほとんどメーターの振れていない、"まったり"とした感情や、"ぼんやり"とした感情もあります。みなさんの日常を思い返してみてください。"すごく眠い！"というときもあれば、"とろ〜ん"と眠いときもあります。"すごく寂しい！"というときもあれば、"なんとなく寂しい"というときもあります。"たまらなく会いたい！"というときもあれば、"今、何してるんだろ？"と、ぼんやり会いたくなったりするときもあります。

　リアルな詞とは、そんな日常のメーターの振りきっていない感情が書かれている詞です。たしかに"メーターの振りきった"詞のほうが書きやすいでしょう。しかし、"別れた""出会った""恋に落ちた"、そんな大事件をわざわざ起こした詞を作るのは簡単ですが、安易です。たとえば"なんか食

べようよ""どっか行こうよ"。こんな曖昧でありふれた感情のほうが、激しい感情よりもいい作品に仕上がったりします。"事件の起きていないときの感情"をうまく書けるようになると、詞の幅がとても広がります。基礎の詞としてはメーターの振りきっていない感情を書くことをおすすめします。

先に述べた、"エモーショナルな感情を書く"ということと、"メーターの振りきれてない感情を書く"ということが、相反するように思えて戸惑うかもしれませんが、以下のように解釈してください。

- ●曲やアレンジの温度が100℃の場合、
  詞のサビも"エモーショナルな100℃の感情"を書く

- ●曲やアレンジの温度が30℃の場合、
  詞のサビも"エモーショナルな30℃の感情"を書く

"まったり""ぼんやり"とした感情でも、楽曲全体から見れば"エモーショナル"なのです。シングルCDの詞を書くときは"事件の起こった100℃の感情"を書いたほうが喜ばれたりしますが(笑)、それを意図的に書くのは、作詞が上達してからでも遅くはありません。

まとめ

- 詞は作曲やアレンジに合わせ、まずサビから作る
- サビは小学生でも書けるシンプルでプリミティブな感情を書く
- サビは"How"でオリジナリティを出す
- メーターの振りきっていない感情でもトライする

作詞の基礎⑤
Ａメロの作り方

■ サビの感情に至った出来事を書く

　それではサビの次にＡメロの作り方を解説します。一番ノーマルでオーソドックスなＡメロの作り方は"サビの気持ちになった瞬間のきっかけの出来事"を書くことです。サビの作り方でも書きましたが、たとえばサビが"はらへったー"ならば、Ａメロはそのきっかけ"夜中のＴＶでラーメンのＣＭが流れた"ことを書きます。ここで特に注意してほしいのは、サビとＡメロは時間的にまったく同じ瞬間であるということです。

●ラーメンのＣＭを見た瞬間、おなかが鳴った
●ヤカンのお湯に指が触れた瞬間、"アチッ"と叫んだ

　もう少しロマンチックなものを……。

●ラッシュで背中を押された瞬間、あなたに会いたいと思った
●君が笑った瞬間、抱きしめたいと思った

　この１行で書かれた"ある一瞬の出来事と感情"を、Ａメロに"出来事"、サビに"感情"と、分けて書くということです。なぜこのように書くのでしょう？　作曲や演奏と密接にリンクさせるためです。P.21の**図2**を見直してください。作曲者はＢメロで転調していますが、転調後はまたＡメロと同じキー（調）に戻っています。この図で作曲がＡメロ＝"淡々、キーがＣ"、サビ＝"エモーショナル、キーがＣ"だとしたら、この"キーがＣ"が詞では"同じ瞬間"とリンクし、"淡々"が詞では"きっかけ"、"エモーショナル"が詞では"感情"とリンクする、ということです。

　では**図2**で演奏はどうなっているでしょう？　たとえばドラムのＡメロとサビを比べてみてください。ドラムはＢメロだけ16ビートになっていますが、サビになるとまたＡメロと同じ８ビートに戻っています。この図でドラムがＡメロ＝"ハイハットはクローズ、８ビート"、サビ＝"ハイハットはオープン、８ビート"だとしたら、この"８ビート"が詞では"同じ瞬間"とリンクし、"ハイハットはクローズ"が詞では"きっかけ"、"ハイハットはオー

プン"が詞では"感情"とリンクする、ということです。クローズのハイハットは"チッチッチッチッ"というとても乾いたリズムを刻み、オープンのハイハットは"シャーシャーシャーシャー"と音量も大きく、ノイジーでとても攻撃的なリズムを刻みます。作曲とドラムは"淡々"="乾いたリズム"、そして"エモーショナル"="攻撃的なリズム"と絶妙にリンクしています。ドラムだけでなくすべてのパートがこのようにリンクしています。作詞もこの曲のチームの一員として、すべてのパートとリンクさせて書くわけです。では、"瞬間"と"淡々"について、もう少し詳しく書いていきます。

■ "Reason" = "同じ瞬間" ではない

"なぜおなかがグーと鳴ったの?"という質問に、おそらくほとんどの人は"朝から何も食べてないから"とか"忙しくて食事する時間がなかったから"と"おなかがすいているReason（理由）"を答えるでしょう。しかし、"Reason"は一瞬のことではなく、時間が少し長くなります。

●**朝から何も食べてないから→深夜におなかが鳴った**：これは時間が10時間以上経っています。

●**去年別れてしまった→あなたに会いたいと思った**：これは時間が１年経っています。

　"おなかが鳴った""あなたに会いたいと思った"は一瞬の出来事です。なおかつ"曲のＡメロとサビは同じキー""ドラムのＡメロとサビは同じ８ビート"が"同じ瞬間"を表現しているとしたら、詞はＡメロで"Reason"を書いてはいけないのです。同じ瞬間で考えれば、"朝から何も食べてないからおなかが鳴った"ではなく、"ラーメンのＣＭを見た瞬間おなかが鳴った"。"去年別れてしまったから、あなたに会いたいと思った"ではなく、"ラッシュで背中を押された瞬間、あなたに会いたいと思った"なのです。

　みなさんはこれまでいくつ恋愛を経験してきたでしょう？　思い返してみてください。恋愛が終わるにはやはり"Reason"と、もう別れようと決めた"きっかけ"があったはずです。だんだん時間がすれちがい、だんだん会話もなくなり、だんだんお互い優しさもなくなり、やがてがみ合うようになって……これが別れた"Reason"です。ある日同じＴＶを観ていて自分はつまらないのに相手だけがある場面で笑った。その瞬間もう別れようと決めた。電話するって言われたのでずっと電話を待っていたがかかってこず、携帯電話をベッドに投げた。その瞬間もう別れようと決めた。これが"きっかけ"です。つまり"きっかけ"とは"堪忍袋の緒が切れて感情が吹き出す瞬間"のことなのです。

■ "淡々"とは、"客観的"ということ

　P.21**図2**のＡメロでは、すべてのパートが淡々と作られ、淡々と演奏されています。それにリンクして詞もＡメロは淡々と作るべきです。"淡々と作る"とは、簡単に言うと"客観的に書く"ということ、別の言い方をすれば、"主観や感情を交えず書く"ということです。すべてのパートはサビまで感情の爆発を抑え、サビで一気にフォルテッシモ（ff）にエモーショナルな表現をしています。作詞家もチームの一員として、これにリンクさせるのです。"客観的に書く"ということは、どういうことでしょう？　たとえばテーブルの上に倒れかかったコップがあるとしましょう。これを主観的に表現すると"倒れそうなコップ"です。これを客観的に表現すると"斜め45°に傾いたコップ"となります。これ以外にも、以下のような例を挙げておきましょう。

第1章 "詩"ではない、"音楽としての作詞"の基礎がわかる!

（イラスト中の文字：窓を叩く雨／チッ チッ チッ／君は唇をかんでうつむいた／時計の音が響く部屋）

- 激しい雨←→窓を叩く雨
- 静かな部屋←→時計の音が響く部屋
- 君は悔しそうにうつむいた←→君は唇をかんでうつむいた

"激しい""静かな""悔しそうに"はそれを見聞きした人の主観です。"窓を叩く""時計の音が響く""唇をかんで"は見たまま聞いたままの客観です。では問題です。次のフレーズを客観的に書き直してみてください。

- あなたは少年のように笑った←→あなたは○○○○○笑った

　いかがでしょう？　いいフレーズは浮かびましたか？　このフレーズを考えるときのコツをひとつ教えましょう。それはあなたが映画監督になったつもりで、役者さんに演技指導をしてみればいいのです。ここに10人の役者さんがいるとします。あなたが"少年のように笑う演技をしてください"と指示すると、きっと全員違った演技をするはずです。ある役者さんは頭をかきながら大笑いするでしょうし、ある役者さんは両手を後ろに組んで下を向いて笑うでしょうし、ある役者さんはわざわざブランコのところまで行き、漕ぎながら笑ってみせるでしょう。ですから、あなたが指

29

示する"客観的な動作"で10人の役者さんが全員同じ演技をしてくれる表現を考えればいいのです。

"ラッシュで背中を押された瞬間"というフレーズを使いましたが、これも単に"混んだ電車""ラッシュの車内"と書くだけでは主観的な表現です。みなさんは"混んでいる""ギューギュー"ということを何で体感するのでしょう？　バッグの紐がちぎれそう、ひっついたおじさんが臭い、つり革をつかんだ腕が揺れるたび痛い……などなど。ここでは"背中を押された"という客観的な表現を使っています。なぜ僕がこのフレーズを使ったかといえば、単純にこの瞬間が一番ムカッと嫌な気分になるからです。"誰かの傘の雫で靴が濡れる"ときもムッとしますね。ハーッとため息が出ます。その瞬間、堪忍袋の緒が切れて、たまっていた感情が吹き出すわけです。

■ "きっかけ"を書くときの注意点

　サビを書くときと同様、Ａメロの"きっかけ"を書くときには、絶対に"ドラマチックすぎる事件を起こさない"ことを心がけましょう。特に以下の３つは、初心者にありがちな"ドラマチックすぎるきっかけ"です。

①雨が降ってくる：悲しいときには必ず雨が降るでしょうか？　"気分は最悪なのに天気がいい"、このほうが現実だし、リアルだし、切ないのではないでしょうか。

②**夕焼け**：あなたが悲しいときは、必ず夕暮れどきですか？ 朝の通勤電車のなかでだって、ランチタイムだって、シャンプーしているときだって、マニキュアを塗り替えているときだって、悲しいときは悲しいのです。

③**思い出の(遠い)場所**：あなたはこの５年間に別れた恋人と行った思い出の(遠い)場所に何回行きましたか？ まぁ、定期的に通るルートに思い出の場所があるのは"必然"として仕方がないことですが、わざわざひとりで電車に乗って遠い思い出の場所に行くことなど作詞のなかでしか起りえない"事件"だと言っても過言ではありません。

　基礎の詞を書くときは、なるべくこういった"ドラマチックすぎるきっかけ"を使わずに書くことをおすすめします。とはいえ……シングルの詞を書くときは"ドラマチックなきっかけ"を書いたほうが喜ばれたりします(笑)。

まとめ

- **Aメロはサビの感情が吹き出した瞬間の"きっかけ"を書く**
- **"きっかけ"は"Reason"ではない**
- **"きっかけ"は客観的に書く**
- **とにかくサビと同じく"事件"を起こさない**

作詞の基礎⑥
Bメロの作り方

■ "別の部品"を書けばよい

　サビ（感情）〜Aメロ（きっかけ）と来て、最後にBメロの作り方です。もう一度P.21 **図2**を見てください。このブロックだけAメロやサビと随分違うことがわかるでしょう。まず、キーが転調しています。リズムが8ビートから16ビートに変わっています。リズムもキーも違えば、もうこのブロックは曲としても演奏としてもほかのブロックとは"まったく別の部品"だ、ということです。ということは作詞家も必然的に"別部品"を書けばよい、ということになります。

　作詞においてAメロやサビとの"別部品"とは何でしょう？　Aメロやサビには、今の瞬間的な感情やそのきっかけを書きましたね。一番シンプルに"別部品"を探すには、単純に"瞬間的な今"とは逆の部品を使う、という方法があります。"瞬間的な今"を逆に書き換えると"過去もしくは未来の長期のこと"になります。

　今までサビの作り方、Aメロの作り方で例として挙げてきた"はらへったー"を例にとるならば、Aメロで書いてはいけないと言った"Reason"を書いてもよいでしょう。"昨日からずっと何も食べていない"という一瞬で

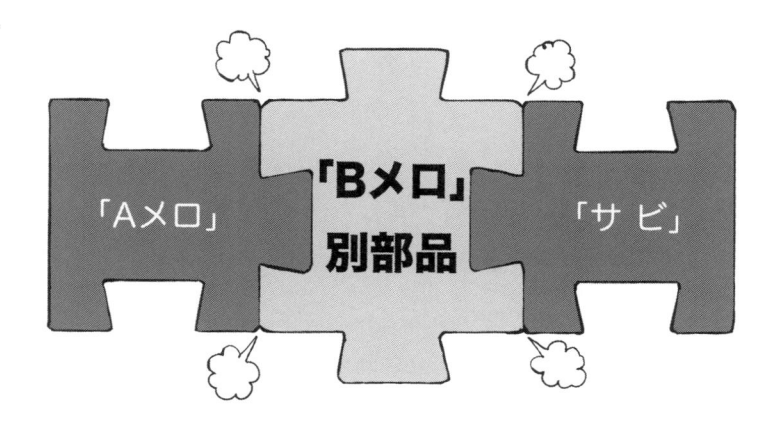

はない24時間以上前のことです。このフレーズをBメロに入れ、今まで出てきた"はらへったー"の部品をAメロから順番に並べてみましょう。サビの下線部分は任意にオリジナリティにあふれた表現に入れ替えてみてください。

> A　　夜中のTVでラーメンのCMが流れた
> ↓
> B　　昨日からずっと何も食べていない
> ↓
> サビ　はらへったー、<u>おなかと背中がくっつくほどはらへったー</u>

このようになります。つまり、これが"作詞"です。え、これが!?と思われるでしょう。Bメロは"別部品"、と書きましたが、乱暴な話、"別部品"なら何でもいいのです。詞になります。試しにBメロだけ入れ替えてみましょう。

```
A    夜中のTVでラーメンのCMが流れた
↓
B    去年別れた君はとてもよく笑う人だったね
↓
サビ   はらへったー、泣きたいほどはらへったー
```

……成り立っていますね。もっと極端に違う部品を入れてみましょう。

```
A    夜中のTVでラーメンのCMが流れた
↓
B    10年後日本はどうなっているんだろ
↓
サビ   はらへったー、眠れないほどはらへったー
```

……無理矢理ですが、成り立っていますね。

■ "会いたい"の場合

では、もうひとつの例も順番に並べてみましょう。"会いたい"ではどうでしょう。Ａメロ（きっかけ）とサビ（感情）の"今"のブロックは以下のとおりです。

```
A    ラッシュで背中を押された瞬間、あなたを思い出した
↓
サビ   会いたい、歩き出せないほど、あなたに会いたい
```

これに"今"ではない"違う時間"の（別部品の）Ｂメロを入れてみましょう。ふたりが初めて出会った日のことを入れてみましょう。

```
A    ラッシュで背中を押された瞬間、あなたを思い出した
↓
B    あの日、あなたはわたしの目を見て少年のように笑った
↓
サビ  会いたい、歩き出せないほど、あなたに会いたい
```

Aメロが客観的に書かれているので、ここはあえて対比させるために主観的に"少年のように"としました。

次に、ふたりが別れた日のことを入れてみましょう。

```
A    ラッシュで背中を押された瞬間、あなたを思い出した
↓
B    あの日、あなたはわたしの目を見ずにさよならと言った
↓
サビ  会いたい、歩き出せないほど、あなたに会いたい
```

いかがでしょうか？ ここで例に出して書いているのは、ほんの1行のフレーズですので、厳密な作詞の作業とは言えないかもしれませんが、基本的構造はここまでに示したとおりです。そして口をすっぱくして言いますが、これは作曲やアレンジとリンクしたもっとも基礎的な"作詞"です。

まとめ

- **Bメロは同じ瞬間を書くサビ＋Aメロとは"別部品"を書く**
- **"別部品"とは"過去もしくは未来の長期のこと"**
- **乱暴に言えば、"別部品"なら何でもよい**

作詞の基礎⑦
基礎編のおさらい

■ ユーミンの詞のすごさ

　既存の詞を例に挙げて、これまで書いてきたことを当てはめてみましょう。ユーミン（松任谷由実）の「DESTINY」という有名な曲です。特にこの詞の２番を見てください。Ａメロとサビを順に見てみると、"今"の時間としてつながっているのがわかると思います。

　サビにはシンプルでプリミティブな感情"どうしてなの"が書かれています。"なんで？""どうして？"です。ここは子供でも書けるフレーズです。しかし、ユーミンが天才と呼ばれるところは"今日にかぎって<u>安いサンダルをはいてた</u>"という部分です。これはサビの作り方で説明した"How"の変形ですが、この"How"こそが才能の見せどころです（凡人のフレーズなら"今日にかぎってちゃんとメイクをしてなかった"みたいになるのでしょう）。このフレーズにすべての女性は"あ！　わたしのこと！"と叫びます。その"なんで今日にかぎって安いサンダルをはいてた"ことを悔やむきっかけがＡメロに書かれています。別れた彼と偶然出会う場面です。

　そしてＢメロを見てください。Ａメロやサビの"今"ではない、"別れてから今日に至るまでの数ヵ月〜数年"がたった４行で見事に書かれています。

　ユーミンの詞はその独特で華やかな単語の選び方やテクニックに注目されがちですが、とんでもない。作曲やアレンジとの、しっかりとした基礎としての完璧な"リンク"ができていて、なおかつそこに誰もが経験する"感情"を独特な角度で表現するテクニックがプラスされています。

　次の章からは具体的に心構えやテクニックを解説していきますが、まず！　これまで説明した"基礎の基礎"をしっかり身につけてください。

「DESTINY」

作詞・作曲：松任谷由実
© 1979 by KIRARA MUSIC PUBLISHER

1.

A ｛ ホコリだらけの車に指で書いた
True love, my true love
本当に愛していたんだと

A' ｛ あなたは気にもとめずに走りだした
True love, my true love
誰かが待ってたから

→ 今のこと（感情のきっかけ）

B ｛ 冷たくされて　いつかは
みかえすつもりだった
それからどんな人にも
心をゆるせず

→ 別れてから数ヵ月／年

C ｛ 今日わかった　また会う日が
生きがいの　悲しい Destiny

→ 今のこと（感情）

2.

A ｛ 緑のクウペが停まる　雲を映し
Sure love, my true love
昔より遊んでるみたい

A' ｛ みがいた窓をおろして口笛ふく
Sure love, my true love
傷あとも知らないで

→ 今のこと（感情のきっかけ）

B ｛ 冷たくされて　いつかは
みかえすつもりだった
それからどこへ行くにも
着かざってたのに

→ 別れてから数ヵ月／年

C ｛ どうしてなの　今日にかぎって
安いサンダルをはいてた

C' ｛ 今日わかった　空しいこと
むすばれぬ　悲しい Destiny

→ 今のこと（感情）

COLUMN 1

プロの作詞家になるには？
～とにかくめげない、くじけないこと～

　まずは、僕がどのようにプロの作詞家になったかを話します。僕は1980年にバンドでデビューしたのですが、そのときの担当ディレクターが、尾崎豊を手がけたことで知られる須藤晃さんでした。その須藤さんが僕の詞を評価してくれたこともあり、バンド活動と並行して彼の手がけるほかのアーティストへ詞を提供することになったのです。同時期に松任谷正隆さんとも出会い、同じように作詞の依頼を受け作品を発表していくうちに、気がつけば作詞の締め切りに追われる日々が続き、一方でバンドのほうは売れずに解散、いつのまにか作詞家という職業になっていたんです。同じようにバンドマンから作詞家やプロデューサーに転身する人は、今も昔も多いように思います。

　同時代には、音楽業界に近い異業種、たとえば広告業界や出版社の人が誘われて作詞を始めたというケースも多かったですね。その頃はコピーライト的な詞が求められていた時代だったんです（今はそういう時代ではありません）。

　もしあなたがプロの作詞家を目指しているなら、とにかく作詞家や作曲家をかかえる作家事務所の門を叩き、足しげく通って担当の人にアドバイスをもらうのが一番だと思います。作家事務所は『Musicman』という音楽業界に特化したタウンページのような本に掲載されています。ただし、いきなり作品を郵送で送りつけても、まず封を開いてもらえることはないでしょう。電話でアポを取り、直接ベルを鳴らすことが肝心です。そして5回、10回ボツになっても、3年、5年かかっても、たとえ門前払いにあっても、決してあきらめないことです。あとは、プロを目指しているシンガー・ソングライターやバンドの人たちと一緒にチームを組んで詞を書かせてもらう、というのもおすすめですね。ひとりで音楽をやっていても成長は望めません。

第2章

書きたいテーマが見つかる！

何を歌詞にするべきか？
作詞をしてみようと思ったら、最初に突き当たる壁です。
ここでは、そんなお悩みに答えていきます。
言葉遣いに関するさまざまな疑問についても、
ここで解決しておきましょう！

QUESTION 1

歌詞のテーマはどのように決めますか？

ANSWER チームが狙っているリスナーのターゲットに合わせて決めます。

曲調をあえて裏切るのもアリ

　レコード会社でCDを作る場合で言うと、リスナーのターゲットに合わせて事務所やレコード会社が大まかなテーマを決めるのが一般的です。テーマの鍵になるのはリスナーの性別や年齢、ストリート系かハイソ系かといった要素です（**図1-1**）。そして第1章でも触れたことですが、そうして決められたテーマはチームで共有され、それをもとに作業が進められるわけです。

　それを踏まえたうえで、ちょっと書き方の話をしておくと、曲にもよりますが、たとえばマイナー（調）の曲に明るい詞とか、メジャー（調）の曲に暗い詞をつけると面白くなることがあります（**図1-2**）。多くの人は悲しい感じの曲には悲しい詞をつけると思うんですが、それではちょっとつまらないので、マイナーな曲にはあえて力強い詞をつけたり、逆にメジャーな曲には楽しい詞ではなくて、どっぷりと悲しい詞をつけてみると、ユニークなフレーズができることもあります。たとえばユーミンの「冷たい雨」はとても明るい曲調ですが、詞は彼氏が家にほかの女を連れ込んだというドロドロの内容。しかし、曲調が明るいので、そんなに憂鬱な印象にはならないんですね。

　あとは本当に基本的なことですが、サビでメロディが何を叫んでいるのか、それが自然に思い浮かぶまで音源をくり返し聴きこみましょう。"助けてくれ〜"と叫んでいるように感じたら、曲のテーマは"助けて"ということになりますし、その曲のターゲットが18歳の女の子だとしたら、18歳の女の子が"助けて！"と叫ぶようなシチュエーションはどんなときかなと考えるわけです。

図1-1 テーマとなる要素

- ターゲットとなるリスナーの性別、年齢、家庭環境（ストリート系、ハイソ系etc）
- サビから得られるインスピレーション（感情）
- 曲調（アレンジ）

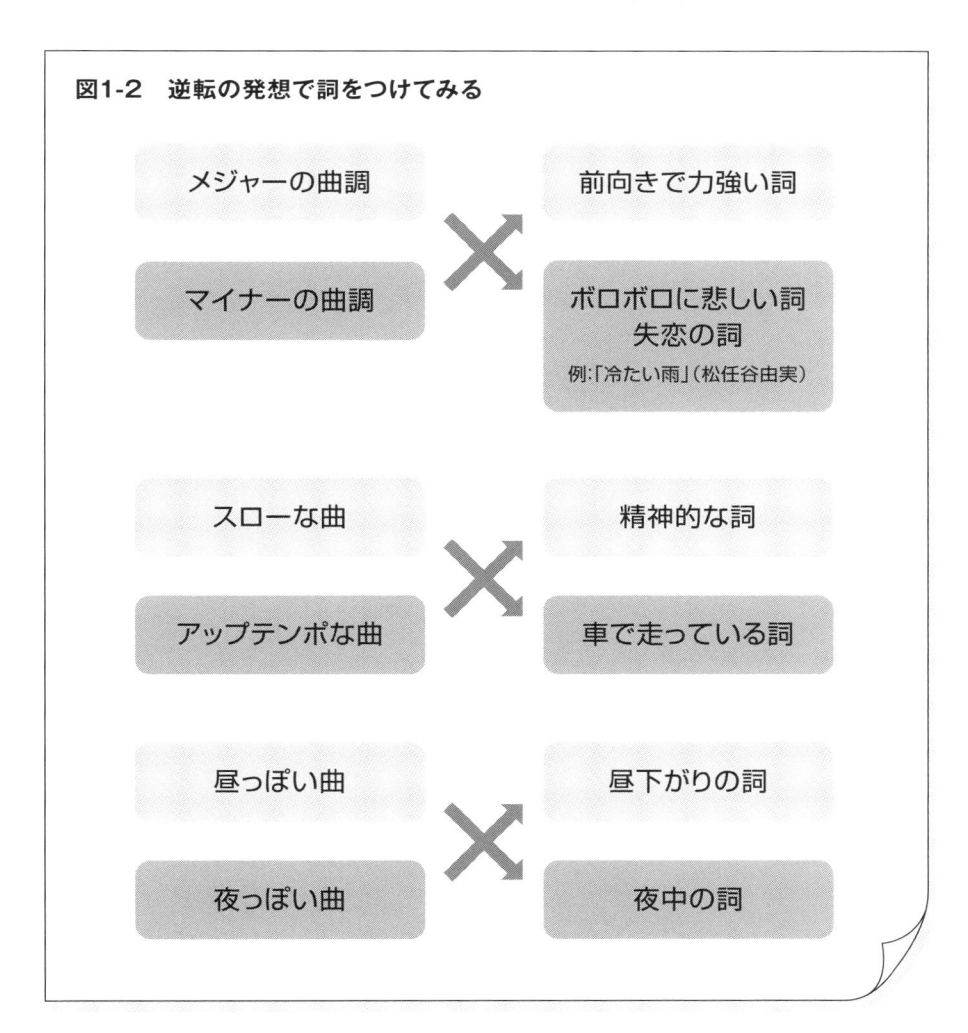

図1-2 逆転の発想で詞をつけてみる

メジャーの曲調	×	前向きで力強い詞
マイナーの曲調	×	ボロボロに悲しい詞 失恋の詞 例:「冷たい雨」(松任谷由実)
スローな曲	×	精神的な詞
アップテンポな曲	×	車で走っている詞
昼っぽい曲	×	昼下がりの詞
夜っぽい曲	×	夜中の詞

QUESTION 2

ターゲットが絞れない場合どうしたらいいでしょう？

ANSWER どんな人たちにライヴ会場にいてほしいのかを考えましょう。

自作曲に詞をつける場合もターゲットを想定する

　第1章やP.40でも触れたように、レコード会社でCDを作る場合は、チームとしてのターゲットが決まっています。アイドルだったらターゲットは異性。女性アイドルなら男性がターゲットになりますし、男性アイドルなら女性がターゲットになります。反対にコアでカリスマ的なミュージシャンなら同性がターゲットとなります（**図2-1**）。

　もし、あなたがシンガー・ソングライターで、これからデビューを目指しているというのであれば、まずは自分がライヴをやるときに、客席にどういう人たちにいてほしいのか、どんな人たちが客席にいると嬉しいのか、それを考えてみるといいと思います。同世代の男性に観に来てほしいのか、それとも同世代の女性なのか、もしくは老若男女を問わず、みんなに観に来てもらいたいのか、それとも恋人同士で来てもらいたいのかといったことです（**図2-2**）。

　30代、40代のアーティストの方が"自分と同世代のリスナーを"とおっしゃったりすることもありますが、できれば"もっとも音楽に多感だった頃の自分、音楽にもっとも熱中していた頃の自分"をターゲットにするのが一番いいと思っています。その頃の自分にカッコいいと言わせないかぎり、やっぱりダメだと思うのです。僕が音楽をやる場合も、音楽に夢中になっていた高校生の頃の自分を常にターゲットに入れています。

　いずれにしても忘れないでほしいのは、"作詞とはリスナーの代弁をする"ということです。それを頭に入れながら、あなたのターゲットを見つけてみてください。

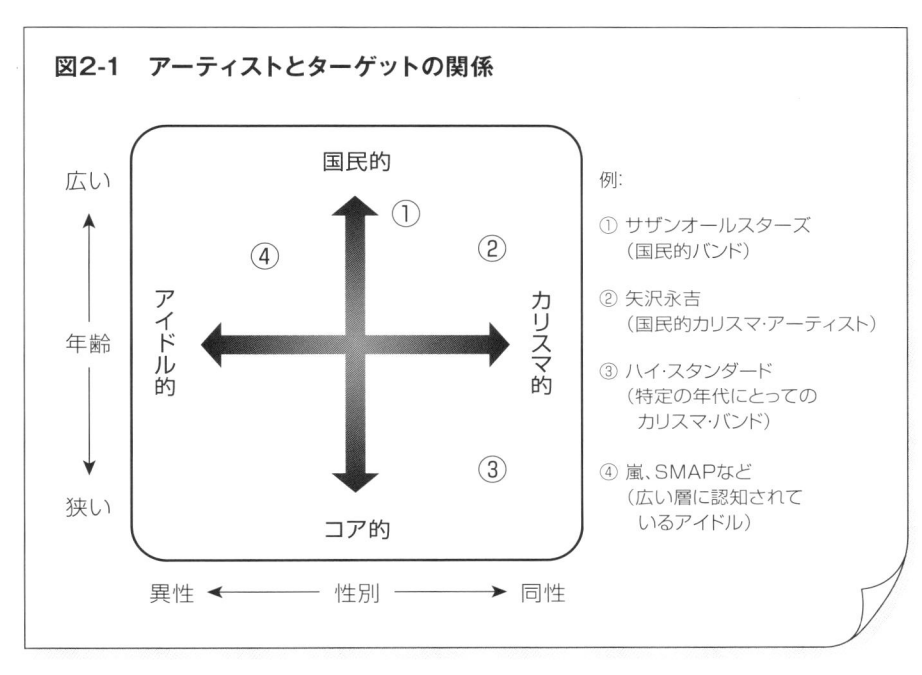

図2-1 アーティストとターゲットの関係

```
        広い
         ↑        国民的
         |          ↑
         |       ④  │①    ②
   年齢  | アイドル的←─┼─→カリスマ的
         |       　  │③
         |          ↓
         ↓        コア的
        狭い

      異性 ←── 性別 ──→ 同性
```

例:

① サザンオールスターズ
  （国民的バンド）

② 矢沢永吉
  （国民的カリスマ・アーティスト）

③ ハイ・スタンダード
  （特定の年代にとっての
   カリスマ・バンド）

④ 嵐、SMAPなど
  （広い層に認知されて
   いるアイドル）

第2章 書きたいテーマが見つかる！

図2-2 どのような人たちにライヴ会場にいてもらいたいのかイメージしよう

QUESTION 3

曲をもらったら、まずどこを聴くのですか？

ANSWER 自分でその曲を作った気になるまで、とにかくひたすら聴きこみましょう。

聴きこめばメロディから言葉が聞こえてくる

　とにかく100回聴いて、その曲を徹底的に覚えこみましょう。そして第1章でも書いたように、Aメロ、Bメロ、サビのアレンジがどうなっているのかをアナライズ（分析）していきます。作詞家は曲のもらい方にさまざまなパターンがあります。ひとつはアレンジ後であるか、アレンジ前であるかの違いです。アレンジ前だと曲のアナライズができないので、曲をいただいた方に"どんなアレンジになりますか？"と、なるべく具体的な例や参考曲をあげてもらうようにします。

　それからメロディが楽器（たとえばピアノ）で弾かれていたり、声でラララと歌われている場合があります。一番やっかいなのが、デタラメ英語で歌われているケース。これはあなたと発注者との関係にもよるのですが（笑）、できればラララで歌い直してくださいと注文を出しましょう。デタラメ英語というのは、ただ単純にカッコよく聴こえるだけで、最初にデモ・テープを聴きこんでしまったスタッフは、それが日本語に置き換わっただけなのに"なんかもっちゃりしているな"という気になってしまうものなのです（**図3-1**）。それと楽器メロディの場合は息継ぎの場所がわからないので、メロディを100回聴いて、自分ならどこで息継ぎをするかを完全に把握するようにしましょう。その息継ぎをするところが、作詞の際の句読点になります。

　まずは音源を100回聴きこんでメロディを覚え、アレンジのアナライズをし、息継ぎの場所を完璧に覚えてから作詞を始めてください（**図3-2**）。そうやって聴きこんでいれば、そのうちにメロディが勝手に、たとえば"助けて〜"と言っているように聞こえてきますから。

図3-1　音源の状態によって下準備が異なる

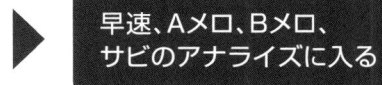

- ラララ〜で歌われている場合 ▶ 早速、Aメロ、Bメロ、サビのアナライズに入る
- 楽器メロディ（&譜面）の場合 ▶ 息継ぎの場所がわからないので、自分ならどこで息継ぎをするか歌って確認
- メロディがデタラメ英語の場合 ▶ ラララ〜で歌い直してもらう

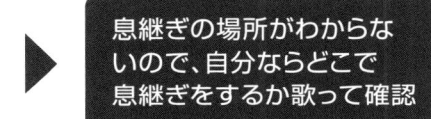

図3-2　作詞をするまでの準備

1. 音源を100回聴いて、メロディを覚える
2. ターゲットとなるリスナーのリサーチ&研究
3. Aメロ、Bメロ、サビのアレンジをアナライズ
4. 息継ぎの箇所をチェック
5. 字数表（P.74参照）を作る
6. 作詞をスタート！

QUESTION 4

詞を書くときは誰の視点で書くのですか？

ANSWER ターゲットにしているリスナーの視点で書くと共感を得やすいでしょう。

"僕"や"私"が作者である必要はない！

　詞を書くときは、自分、もしくは詞を提供するアーティストがターゲットにしているリスナーを視点にします。少し過激ですが、たとえば援助交際をしている女子高校生が詞のテーマだったとしましょう。この場合、多くの人は"君はもっと自分を大切にしようよ"という詞を書いてしまうんです。でも、それは第1章でも書いたように作者目線なんですね。これをリスナー視点というか、援助交際をしている女子高生の視線で書き換えるなら、"えっ、何が悪いの？　誰にも迷惑かけてないわ"って書くべきなんです（**図4-1**）。

　援助交際という、わりと極端なテーマを取り上げてしまいましたが、ユーミンの詞に煙草や万引きをする不良少女の歌があるんです（「セシルの週末」[**図4-2**]）。サビでは、そんな彼女に彼氏ができて、徐々に心が変化していくという内容の詞なんですが、もしこの曲を実際の不良女子高校生が聴いたとしたら、"あ、これ、私の詞だ！"というふうに受けとってもらえると思うんですよ。詞をすんなりと自分のものとしてもらえるというか。でも、ここに"自分をもっと大切にしなさい"なんてメッセージが来たら、"ほっといてよ！"という反応しか返ってこないわけです。ですから落ち込んでいる人に"元気を出せよ"なんていう詞を書くのは基礎の作詞としてはもってのほかなのです。言われた当人からしてみれば、"お前に何がわかるんだ！"としか言いようがないですから。

　詞の場合は"僕"とか"私"とか一人称で書かれていたとしても、それは必ずしもイコール自分（作者）である必要はありません。「セシルの週末」でいえば、"私"はユーミンではなく不良少女なのです。

図4-1 作者目線とリスナー目線

誰にも迷惑かけてないわ！
リスナー目線

君はもっと自分を大切にしようよ
作者目線

図4-2

「セシルの週末」

作詞・作曲：松任谷由実
© 1980 by KIRARA MUSIC PUBLISHER

窓たたく風のそらみみでしょうか
あなたからのプロポーズは
気まぐれに見つめそして離れてく
ゆきずりでもよかったのに

そうよ下着は黒で
煙草は14から　ちょっと待ってくれれば
なんだってくすねて来たわ

今あなたに話すと遠い物語
本気でおこる不思議な人ははじめて

You say you want me
You want to marry me
You say you want me
You want to marry me

そうさあの娘は素敵　でも一晩だけさ
どうせチューインガム
つきあえるもの好きは誰

ほら二人で歩けば噂がきこえる
みんな知らない変わりはじめた私を

忙しいパパと派手好きなママは
別の部屋でくらしている
今でも週末ねだりに行くけど
もう愛しかいらない
もうすぐ素直な娘におどろく
'Cause you say you want to marry me

QUESTION 5

詞は自分の体験をもとに書いたほうがいいですか？

ANSWER 日頃から取材をして詞のネタをストックしておきましょう。

日常会話のなかにも詞のヒントはある！

　自分の体験だけで作詞をすると、詞の内容が狭まってしまいます。作詞の仕事をしていると、不倫をしたこともないし、不倫がいいとも思っていないのに不倫の詞を……なんて依頼もしばしばです。しかし、経験していないことを書くのは難しいですし、人間、あらゆることを経験することは無理なので、これはもう、取材しかありません。

　取材といっても、僕の場合、わりと日常的にしています。人と話をしていると、自分の考えと違うことをポッと言われたりしますよね？　そういうことはわりと無意識にストックしているんです。たとえば僕は玉ねぎが好きなんですが、世のなかには玉ねぎが嫌いな人もいます。その嫌いな理由を僕のように玉ねぎが好きな人間が考えてしまうと"ニオイかな"とか"ツンと鼻に来る感じかな"なんて想像してしまうわけです。でも、実際に苦手な理由を聞いてみるとそれは"食感"だったり、まったく違う感想を持っていたりするわけですね（**図5-1**）。だから僕がたとえば「玉ねぎ嫌い」という詞を書いたとして、玉ねぎの嫌いな人に"この作詞家も本当に玉ねぎが嫌いなんだね！"と感想を抱かせる詞にするためには、やっぱり実際に嫌いな人に取材をするしかないんです。僕はこれまで女性の詞を書くことが多かったので、女性には必ずヒアリングするようにしています。

　それと、自分がノーマルだと思っていることや考え方というのは常に少数派なんです。僕が作詞の講義などでいつも生徒さんにしている、自分の体験や考え方というのは常に少数派なんだということを証明する実験があるので紹介しておきましょう。お風呂に入ったとき、まず、頭、顔、身体、どの順に洗いますか？と生徒に聞いてみると見事に全員がバラバラな

図5-1　玉ねぎが好きな人には嫌いな理由がなかなかわからない

んですね。で、その次にどこを洗う?と聞くと、また分かれるわけです。つまり自分の考えは1/3（頭、顔、身体）×1/2（残りのどこか）で、1/6の少数派であると（**図5-2**）。それで答えてもらった生徒さんに理由を聞いてみると、無意識にその順番で洗っているわけではなく、それぞれその順番で洗うきちんとした持論があるんですね。だから頭から洗う人には、なかなか「身体から洗おう」という詞は書けないわけです。

行ったことのない土地の詞を書くときも取材は必須です。湘南を訪れたことがないのに、湘南が舞台の詞を書いてくださいと言われたら、そこで一日過ごすくらいじゃないと。"湘南で君と海に沈む夕日を見てた"なんて書いてしまうとウソになります。湘南では海に夕日は沈みませんから（笑）。江ノ電に乗ったりしながら、とにかく一日散策してみてください。

これまで取材してきたなかでひとつ経験談を紹介すると、日本の女性の多くは子供の頃にピアノを習った経験があるんです。でも、ピアノをずっと弾き続ける人は少なくて、次第に弾かなくなってしまうんですが、そんな女性に話を聞いてみると、初めて家にピアノが来た日、すごく嬉しかったって言うんですよ。そのとき、僕はいただき！と思うわけです。"初めてうちにピアノが来た日"で詞が始まったら、ピアノを弾いていた女性なら、必ず"あ、自分のことだ！"と思ってくれるだろうなと（**図5-3**）。

みなさんも普段から知り合いをよく観察してみるといいです。友達とお酒を飲んだりしたときに"いや、それは違うよ"なんて反論するんじゃなくて、"へぇ、お前はそう考えるんだ。詞のネタにいただき！"って。普段の会話のなかに詞のヒントはたくさん転がっています。

まとめ

- **自分と違う意見に耳を傾けよう**
- **特に異性が主役の詞を書く際にヒアリングは重要**
- **実際の場所にも足を運ぼう**

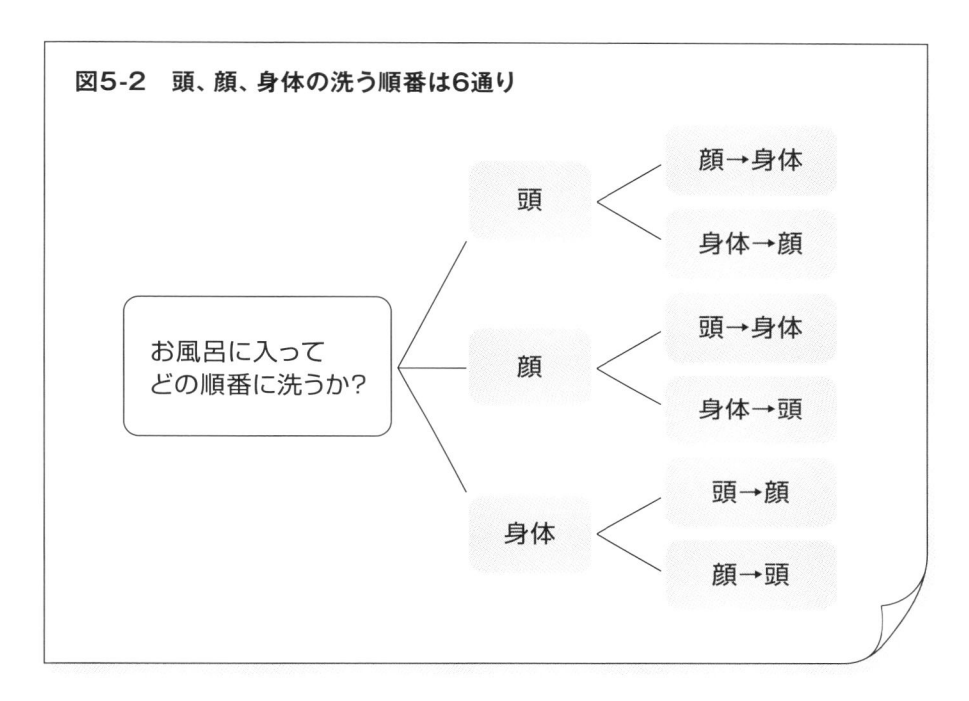

図5-2　頭、顔、身体の洗う順番は6通り

```
                          ┌─ 顔→身体
                    ┌ 頭 ─┤
                    │     └─ 身体→顔
                    │
お風呂に入って      │     ┌─ 頭→身体
どの順番に洗うか？ ─┼ 顔 ─┤
                    │     └─ 身体→頭
                    │
                    │     ┌─ 頭→顔
                    └身体─┤
                          └─ 顔→頭
```

図5-3　"あ、自分のことだ！"と思ってくれる出来事を探そう

QUESTION 6

恋愛をテーマにする場合どんなものがありますか？

ANSWER 恋愛を時間軸でとらえると、さまざまな作詞ポイントがあります。

丁寧かつリアルに描写しよう！

恋愛の流れをグラフにするとこんな感じです（**図6-1**）。ラブラブの時期や別れ、出会いというのは事件が起こっているので、わりと詞になりやすいのですが、高度な詞になると、気持ちが冷めていくあたりとか、生まれてから出会うまでを表現しているものも見かけます。たとえば、お互いの存在を知らなかったとき、君はどんなふうに生きていたのだろうとか、君の子供の頃の写真を見たらかわいかったとか。事件の起こっていないクレッシェンド、デクレッシェンドのところは、あまり詞に書かれていない部分なのでおすすめです。

再会も恋愛の詞の大きなテーマのひとつですが、そんな再会ありえないよ！というようなことをみなさん書くんですね。まるでTVドラマのような。でも、その点、ユーミンは優れていて、"あなたの友達に街で会ったらどんな顔をすればいいの"というようなフレーズを書くんです（P.135で紹介している「NIGHT WALKER」）。それってすごくリアルですよね。彼氏と付き合っていた頃は、その彼の友達と仲良くしていたのに、別れた今ではどんな顔をすればいいの、なんて。それと別れの場合ですが、みなさん手っ取り早く男にほかの女をあてがっちゃうんです。要は事件を起こしちゃうんですね。すると簡単に別れが訪れるので。でも、そうではなくて、お互いがすれ違っていったり、冷めていったりする様子を丁寧かつリアルに書いてほしいと思います。

それと別れの詞でよく見かけるのが"あなたに会えてよかった"というフレーズ。でも、別れの瞬間はそんなこと思わないです。ただただ、相手のことが憎いだけです。"あんたの会社なんてつぶれちゃえばいいのに"と

図6-1　恋愛の流れ

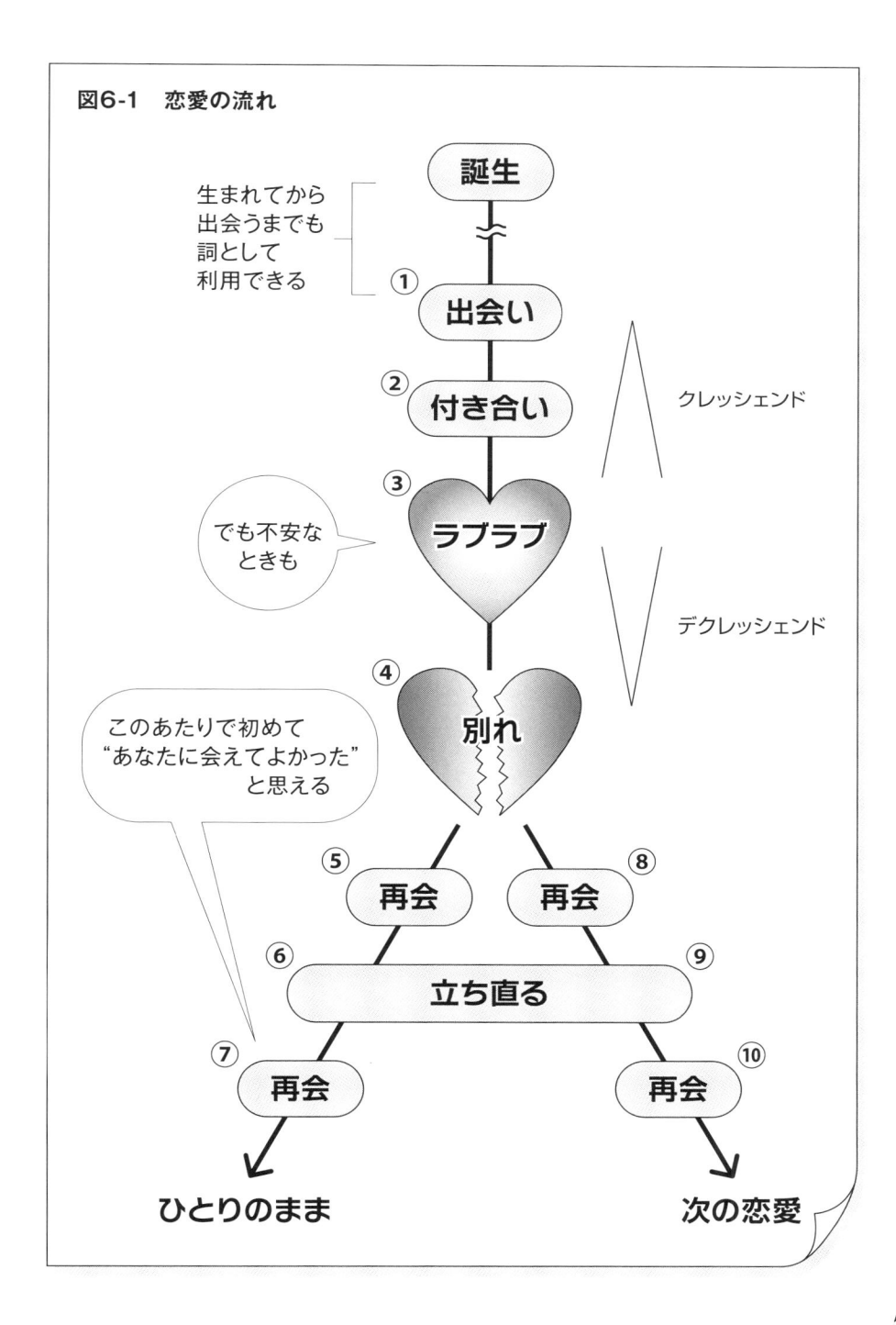

- 誕生
- 〜
- ① 出会い
- ② 付き合い
- ③ ラブラブ
- ④ 別れ
- ⑤ 再会
- ⑥ 立ち直る
- ⑦ 再会 → ひとりのまま
- ⑧ 再会
- ⑨ 立ち直る
- ⑩ 再会 → 次の恋愛

生まれてから出会うまでも詞として利用できる

クレッシェンド

デクレッシェンド

でも不安なときも

このあたりで初めて"あなたに会えてよかった"と思える

か、嫌なことしか考えないんですよね。"あなたに会えてよかった"と思えるのは、やっと憎しみが収まったあたりです。でも、それをみなさん、ラブラブなときでも出会ったときでも"あなたに会えてよかった"としてしまう。でも、実際にラブラブなときというのは逆に不安になったりしませんか？この楽しい時期がいつまで続くのかな、なんて。またユーミンの曲を例にすると、「中央フリーウェイ」（**図6-2**）はとてもラブラブな歌ですが、そのなかに"初めて会った頃は毎日ドライブしたのに　このごろはちょっと冷たいね　送りもせずに"というフレーズが出てくるんです。これは気持ちが冷めたということではなく、わりとふたりが落ち着いてきたというか、恋愛がひとつ成熟したように聞こえる秀逸なフレーズですね。ラブラブなときに"最近送ってくれないよね"というチクリとしたフレーズをうまくはめ込めこんでくるところがユーミンのすごさです。

　恋愛で別れたあとにはふたつのルートがあります。ひとつはずっとひとりでいる場合。もうひとつは次の彼、もしくは彼女ができた場合。これにもユーミンには秀逸な詞がたくさんあるのですが、別れてから立ち直るポイントなども歌詞になりますね。"あ、私、次に進める"って。再会にしても、立ち直るポイントの前に再会するのと、そのあとに再会するのとでは随分違う詞が書けるんです。

　出会い、付き合い、ラブラブ、別れ、別れたあと立ち直る前に再会、立ち直る、立ち直ったあとの再会、さらにそれぞれ独り身の場合と、次の恋愛を始めている場合。恋愛にはいろいろと書くポイント（**図6-3**）があるんですが、それぞれの場面でどんなことを書くか。甘いお菓子にどれだけ塩をふれるかというか（笑）、そこが腕次第ということですね。

まとめ

- 事件の起こらない恋愛詞にも挑戦してみよう
- 安易なフレーズを使わず、リアルに表現しよう
- 別れのあとも、詞のテーマの宝庫

図6-2

「中央フリーウェイ」

作詞・作曲：荒井由実
© 1976 by ALFA MUSIC, INC.

中央フリーウェイ
調布基地を追い越し 山にむかって行けば
黄昏がフロント・グラスを 染めて広がる

中央フリーウェイ
片手で持つハンドル 片手で肩を抱いて
愛してるって 言ってもきこえない 風が強くて

町の灯が やがてまたたきだす
二人して 流星になったみたい

中央フリーウェイ
右に見える競馬場 左はビール工場
この道は まるで滑走路 夜空に続く

中央フリーウェイ
初めて会った頃は 毎日ドライブしたのに
このごろは ちょっと冷いね 送りもせずに

町の灯が やがてまたたきだす
二人して 流星になったみたい

中央フリーウェイ
右に見える競馬場 左はビール工場
この道は まるで滑走路 夜空に続く
夜空に続く
夜空に続く

図6-3　恋愛の詞で書けるおもなポイント

① 出会い
② 付き合い
③ ラブラブ
④ 別れ
⑤ 再会（ひとりのまま&立ち直る前）
⑥ 立ち直る（ひとりのまま）
⑦ 再会（ひとりのまま&立ち直ったあと）
⑧ 再会（次の恋愛&立ち直る前）
⑨ 立ち直る（次の恋愛）
⑩ 再会（次の恋愛&立ち直ったあと）

QUESTION 7

恋愛以外にテーマとすべき題材を教えてください。

ANSWER "元気ソングや""友情ソング"がありますが、"愛の詞"でも男女ではなく"人対人"にすれば幅が広がります。

"大きなお世話"ではない詞を書こう！

　最近流行っているのが"感謝ソング"や"元気出せよソング"ですね。あと、同性の友情を描いた"友情ソング"。ユーミンの「ガールフレンズ」がいい例です。ちなみにみなさん"元気出せよソング"のことをよく"メッセージ・ソング"と呼んでいますが、本来の意味でのメッセージ・ソングを日本で書いているのは、僕の知っているかぎり近年では忌野清志郎だけです。自分より権力のあるあらがえないものに対して、迫害を顧みずにメッセージを発するのが本来のメッセージ・ソングです。それは政府だったり原発のことだったりとか。ただ最近では"元気出せよソング"をメッセージ・ソングと呼ぶことが定着しているので、本書でもひっくるめてメッセージ・ソングと呼ぶことにします。

　日本では恋愛ソング、元気ソング以外の詞を作るのはなかなか難しいです。特に外国のように戦争の歌とかは。日本では自衛隊の問題だったり、国として戦争に関われない歴史的に特殊な事情があります。なかでも"戦争はよくない"なんてフレーズはナンセンスです。このフレーズはメッセージではありません。外国では"ショウ・ザ・フラッグ（Show the flag)"といって、自分はどちらの側に立つのかと明示することが求められます。はっきりとどちらが悪い、と言いきらないかぎりメッセージ・ソングとは言えません。かつてアメリカではベトナム戦争反対の反戦歌が流行りましたが、これは"戦争はいけない"ではなく"アメリカ政府よ、ベトナム戦争をやめろ"というメッセージだったのです。喧嘩はダメ、戦争はダメなどということは当たり前の話で、それをさもメッセージ・ソングのように書くことは、戦争をしている当事者からしてみたら第三国の大きなお世話になってしまうんですね。

人種差別をテーマにした詞なども注意が必要です。日本は単一民族と言われていますが、アイヌの方たちや沖縄の琉球王国のこともあったりします。差別に関しては何百年も続くとてもデリケートな問題なので、当事者でないかぎり興味本位で書くべきテーマではありません。それと白血病の話って映画や小説によくありますよね。ひとつは身内の方が白血病で苦しんでいて、それに関連して医療制度などと闘っている姿を描いたもの、それとただ単に白血病という（悲劇的な）響きだけで使っている場合。こうしたことも当事者でないかぎり書くべきではありません。"死"をテーマにした詞についても、それを遺族の方々が目にしたときに、どんな気持ちになるかを考えなければいけないでしょう。

　"批判"というテーマもありますが、これは十分に有名になってから書きましょう（笑）。それとみなさん"大人たちは僕らをわかってくれない"という詞を書きがちなんですが、これはちょっと視点が浅いというか……いずれ自分も大人になってしまうことを客観的に見据えながら書くのはいいんですが、ステレオタイプな詞になりがちなので、こうしたテーマも避けたほうがいいですね。

　そう言われてはあまりにもテーマの幅が狭いよ！と思った人は、次のフレーズを見てください。

**あなたがいつか遠くへ行っても
わたしはずっとあなたを愛している**

　これを恋愛の詞ととれば、たとえば彼が夢を追って遠くへ行ってしまう詞に聞こえます。ではこの詞の見方を変えて、"母が子供に対して伝えている思い"だとしたらどう聞こえるでしょう？　"愛している"という思いが、男女の恋愛感情ではなく、人が人を思うもっともっと大きな思いに聞こえませんか？　ここで言っているのは"親子の詞を書け"ということではありません。たとえ"愛している"と書いても、男女として"愛している"のではなく、人として"愛している"ことを伝えられる詞もあるということです。"人対人"として相手をとらえて詞を作ると、男女の恋愛の詞とはひと味違うスケールの大きな"愛の詞"が書けると思います。

QUESTION 8

タイトルはいつ、どのようにつけますか？

ANSWER　曲を書き上げてから考えますが、僕もとても困っています（笑）。

タイトルづけに決定的な方法論はない

　これがなかなか難しくて、実は僕も困っています（笑）。僕の場合は、書き上げてからじっくりと考えます。たとえば"微熱"というような何かひとつのキーワードがあって、それをテーマに詞を作るような場合は、それがタイトルになったりもします。B'zのようにサビの詞をそのまま取って長いタイトルにする手法もあります（**図8-1**）。

　あとは詞のなかには出てこない"○○夜話"とか"○○挽歌"のような小説ふうのタイトルにしてみたり、"眺めのいい部屋"のような映画ふうのものをつけてみたりとか。タイアップなどが決まっている場合は、わりと最初からテーマやキャッチ・コピーが決まっているので、それをそのままタイトルにすればいいのですが、第1章でも触れたように、僕は初心者の方にはサビの1行目は誰でも書けるようなフレーズにすることを推奨しているので、なかなかキャッチ・コピーから詞を作るというのは難しいです。そのやり方はもう少し作詞に熟達してからにしましょう。英語のタイトルもよく見かけますが、意味がよくわからなかったり、ありきたりになってしまいがちです。

　曲にもよりますが、わざと1960年代ふうのタイトルをつけるというのもアリです。たとえば"涙の○○"とか"悲しき○○"とか。これは「チャコの海岸物語」とかサザンオールスターズが得意ですね。昔の歌謡曲のタイトルをアレンジしてつけるのもいいと思います。あとは洋楽の邦題も案外使えます。ローリング・ストーンズの「黒く塗れ」を「白く塗れ」にしてみたりとか（笑）。CCRの「雨を見たかい」をモジった渡辺美里の「虹をみたかい」とか（**図8-2**）。洋楽の邦題のつけ方ってけっこうセンスがあるんですよね。

図8-1　代表的なタイトルのつけ方

キャッチ・コピー的なタイトル

「ベルベット・イースター」荒井由実
「ワインレッドの心」安全地帯

サビをそのままタイトルにする場合

「愛のままにわがままに 僕は君だけを傷つけない」B'z
「恋の一時間は孤独の千年」松任谷由実
（※曲名をサビの最後に配置するやり方は伝統的な作詞の手法で、多くの作品に見られる）

映画・小説風のタイトル

「風立ちぬ」松田聖子
「イージュー★ライダー」奥田民生

地名や場所をタイトルにする場合

「三国駅」aiko
「桜坂」福山雅治

図8-2　さまざまなタイトルのつけ方

1960年代ふう風のタイトル

「チャコの海岸物語」サザンオールスターズ
「涙のリクエスト」チェッカーズ

洋楽曲の邦題をもとにしたタイトル

「虹をみたかい」渡辺美里（CCR「雨を見たかい」）
「君の歌は僕の歌なのさ」ガガガSP（エルトン・ジョン「僕の歌は君の歌」）

ストレートに「〜のうた（Song）」とする場合

「みんなのうた」サザンオールスターズ　　「Your Song」エルトン・ジョン
「りんごのうた」椎名林檎

音楽のジャンルをつける場合

「黒ネコのタンゴ」皆川おさむ　　　「ホタテのロックン・ロール」安岡力也
「星影のワルツ」千昌夫　　　　　　「始まりのバラード」アンジェラ・アキ
「ガラスのブルース」BUMP OF CHICKEN

QUESTION 9

放送禁止用語など、使ってはいけない言葉は?

ANSWER 日頃、使っている言葉のなかにも避けるべき言葉があるので、そうした知識は身につけておきましょう。

"え！ これ差別用語なの？"では済みません

　もちろん日常生活で口にすべきではない言葉を詞に使うのはもってのほかです。それは常識としてわかってもらえると思うのですが、普段、会話で使っているなかにも意外と避けるべき言葉があるので注意が必要です。たとえば"床屋"は差別用語なんです。それ以外でも差別用語になっている職業名は多いですね（**図9-1**）。

　それから古くから残っている言葉のなかにも"つんぼさじき"であったりとか"片手落ち"、"バカチョンカメラ"とか。そのように知らず知らずのうちに使っている差別用語があるので気をつけたいところです。こうした言葉は今ではインターネットで検索できます。"え、これが？"というものもたくさんありますし、肉体的・人体的な差別、職業的な差別、部落差別とか人種に対する差別用語についてはきちんと押さえておいてもらいたいと思います（**図9-2**）。

　あとは聴き手が耳にして嫌だと思うような言葉。たとえばハゲとかチビとかブス、アザ、ヤケドとか。"悲しみがアザのように残っている"というような詞を、もしアザを気にしている人が聴いたら、どんな気持ちになるか考えましょう。肉体的なコンプレックスに関わる表現は使わないほうがいいです。あとは法律に違反するようなこと。薬物だったり、犯罪を助長するようなこととか。

　また放送が規制されている用語とは違いますが、言葉の響きがいいからといって、特定の宗教で使われるような言葉を軽い気持ちで使ってしまうと、あとで大きなトラブルを招くことがあります。

図9-1　職業に関する差別用語の例

（カッコ内は推奨される呼び名）

床屋（理容師、理髪師）
スチュワーデス（客室乗務員、フライトアテンダント）
看護婦（看護師）
女中（女子従業員）
土方（建設作業員、建設労働者）
百姓（農民、お百姓さん）
坊主（僧侶、お坊さん）

図9-2　放送に適さない用語や避けるべき用語の例

【肉体的・精神的差別用語】
おし、きちがい、つんぼ、どもり、めくら

【特定の人種】
あいのこ、くろんぼ、土人

【不快感を与える言葉】
足切り、落ちこぼれ、片手落ち、首切り

※P.60-61の不適切な表現は、あくまでも使ってはいけない言葉の例として掲載しています。ご了承ください。

QUESTION 10 詞に商品名や個人名を入れるのは問題ですか？

ANSWER 批判的に扱わないかぎり大丈夫ですが、避けたほうが無難です。

場合によっては使用料を請求される場合も！

　出してもいいときと避けたほうがいい場合があります。たとえば"シャネル"は使わないほうがいいですね。使用料を請求されるんです。ただウォークマンやセロテープのように、多くの人が商標だと知らずに一般名と思い込んでいる商品もあるので、なかなか見極めが難しいところです。商品メーカーによっても、むしろ使ってくれて嬉しいという場合と、困りますという場合とマチマチなので、これはケースバイケースとしか言いようがありません。よっぽど批判的に扱わないかぎり大丈夫だと思いますが、できるだけ商標の使用は避けたほうが無難でしょう（**図10**）。

　それとNHKは広告によらない公共放送という立場上、商品名の放送を避けるという事情があります。かつて山口百恵がNHKで"真っ赤なポルシェ"を"真っ赤な車"として歌った話は有名ですし、aikoの「ボーイフレンド」の詞に出てくる"テトラポット"が商標では、と引っかかったことがあります（実際は"テトラポッ「ド」"が商標）。

　"個人名"についてはどのような使い方をするかだと思います。もちろんバカにするような使い方は絶対ダメです。使っていい場合は、たとえばものすごくトップに立った人は敬称略になりますよね。長嶋茂雄は"長嶋"であって、僕らは"街で長嶋「さん」に会った"とは言わないですよね。要は"長嶋茂雄"という"ブランド化した名前"というか。"イチロー"にしても"イチロー「さん」だ！"とは言わないですよね。もちろん一緒に食事をしたときはイチロー「さん」と言うと思いますが（笑）。本人を批判しないかぎり使っても問題はないと思います。もし、友達の名前を使うにしても、その人からクレームが来ないような内容なら大丈夫でしょう。

図10　一般的な呼称と混同しがちな商標のいろいろ

商標名	内容
ウォークマン	ソニーの携帯音楽プレイヤー
エレクトーン	ヤマハの電子オルガン
オセロ	日本オセロのボード・ゲーム
サランラップ	旭化成の食品包装用ラップ
シーチキン	はごろもフーズのマグロの油漬け缶詰
写メール	ソフトバンクモバイルの携帯電話による写真添付メール
セロテープ	ニチバンのセロハンテープ
宅急便	ヤマト運輸の宅配便サービス
着うた	ソニー・ミュージックの着信音サービス
着メロ	着信メロディ。現在は株式会社ビジュアルアーツが商標を保有
テトラポッド	不動テトラの消波ブロック
バスクリン	ツムラの入浴剤
ピアニカ	東海楽器の鍵盤ハーモニカ
プリクラ	プリント・シール機。現在は株式会社インデックスが商標を保有
ポラロイド	ポラロイド社のインスタント・カメラ
ボンド	コニシの接着剤
マジックインキ	内田洋行のフェルトペン
万歩計	山佐の歩数計

※参考サイト
「雑学大全」(e-zatugaku.com)
「雑学庫知泉」(tisen.jp)

QUESTION 11

国語の成績が悪いです。作詞に影響しますか？

ANSWER 日常会話ができていれば問題ありません。
しかし、間違って覚えているものや方言には気をつけましょう。

言葉の覚え間違いは恥ずかしい……

基本的に影響しませんが、間違って覚えた言葉、たとえば"ごようたつ"などは注意が必要ですね（**図11-1**）。"情けは人のためならず"にしても本来は"情けは人のためじゃなくて、回り回って自分のもとに帰ってくる。だから人には情けをかけなさい"という意味なのに"だから情けをかけてはいけない"と覚えていたりすると、ちょっと恥ずかしいことになります。

近年の詞で個人的に気になるのが"ら抜き"言葉です（**図11-2**）。"見れる""(一緒に)いれる"というのがすごく気になるんです。また、最近では"ヤバい"は若い人の間ではいい意味で使われたりもしていますし、"全然"は本来否定文でないと使えない言葉ですが"全然アリ"のように肯定文でも使われるようになっていたりします（**図11-3**）。どのターゲットに向けた詞なのかにもよりますが、このあたりの見極めは難しいですね。いずれにしても、そんなに複雑な単語を知っている必要はありませんし、日常会話ができていれば問題ありません。

もうひとつ気をつけたいのが方言。標準語だと思い込んでいることがあるんです。僕は大阪出身なのですが、あるレコーディングに行ったとき、"7月"というフレーズがありまして、歌手が"しちがつ"と歌っているので、"すみません、ちゃんと「ひちがつ」って歌ってもらえますか？"と言ったら、"田口君、それ、方言だよ"と言われて（苦笑）。大阪では"ひち"と発音するんです。30歳近くになるまで、そう思い込んでいて……。世のなかには関西弁の歌も多いですし、ビートルズはリバプール訛りなんて言われていますし、それを逆手に取るやり方はありますが、方言は気をつけたいところです。

図11-1　間違って覚えていることの多い言葉

- 御用達（ごようたし） ➡ "ごようたつ"と誤読。

- 相殺（そうさい） ➡ "そうさつ"と誤読
  ※ "帳消しにする"という意味の場合

- 重複（ちょうふく） ➡ "じゅうふく"と誤読。
  ※ ただし近年では"じゅうふく"も一般的になってきている

- 雰囲気（ふんいき） ➡ "ふいんき"と誤読。

図11-2　ら抜き言葉

- 見れる 　正しくは　 見られる
- 食べれる 　正しくは　 食べられる
- 来れる 　正しくは　 来られる

図11-3　世代によって使い方の変化している言葉

- ヤバい （本来は"危ない"の隠語）
- 全然 （本来は"全然〜ない"というふうに否定文で用いる）

QUESTION 12

異性が主役の詞を書く際のコツを教えてください。

ANSWER 男女はまったく違う生き物です。しっかりと取材をしましょう。

男性は"パンプス"なんて言いません

　基本的に男女の考え方というのはまったく相容れないものですので、しっかりと取材をしましょう。たとえば女性が"会いたいね"と言った場合、男性はたいがい"え〜と、来週のスケジュールは"なんて返事をします。しかし、女性が望んでいる返事は"オレもだよ"なんです。男性は"○日は大丈夫"と具体的な答えを出したいのに、女性は"そんなこと聞いてない！"となる。このあたりでわかるように、男性と女性は違う生き物なので、徹底的にリサーチすることですね。しかし、実はこの男女の考え方の違いがおおいに詞のネタとして利用できるんです。僕も女性の詞を書くことが多いので、必ず女性にチェックしてもらうようにしています。

　それと男しか使わない表現、女しか使わない表現というのがあります。女性は靴をパンプスと言ったりしますが、男性はパンプスなんて言いません。逆に、多くの女性にとって車はすべて"車"なんです。男性は細かく車種を言ったりしますよね。こうした言葉の違いがあります（**図12-1**）。

　さらに男女の大きな違いとして、恋愛の別れ際、男は"オレのことは「忘れていいよ」"と言うんです。でも、女は"私のことを「覚えていてね」"と言うんですよ。これはどういうことかというと、男というのは別れた相手のことをいつまでも思い続けているものなので、彼女もずっと覚えているものだと思い込んでいるのです。だから"忘れていいよ"と言うんですね。でも、女というのは、別れたらすぐ次の恋愛に行って、前の男を忘れてしまいます。だから女の人は相手の男の人もすぐに忘れてしまうんじゃないかと思って"覚えていてね"と言うのです。ここが男と女の生き方の違いなんですね（**図12-2**）。

第2章 書きたいテーマが見つかる!

図12-1　男性と女性の言い回しの違い

男性の言い回し　　　　　　　　　女性の言い回し

僕のワゴン　⇔　あなたの車

君のくつ　⇔　私のパンプス

※男女特有の言葉の違いを、皆さんも探してみましょう。

図12-2　男と女は違う生き物

覚えていてね　←　別れ　→　忘れていいよ

QUESTION 13

詞先で作詞をする場合の注意点はありますか？

ANSWER 詞の1番と2番の字数（じかず）を合わせましょう。

字数が違うと作曲家さんが困ってしまいます

　最近の音楽業界では詞先（しせん）で曲を作ることは、ほとんどありません。それを踏まえたうえで注意点を挙げるなら、それは詞の1番と2番の字数（じかず）を合わせるということです。最初に1番を作って、それを5・7・7・5・7という字数にしたら、2番を作るときも、それと同じ字数で作っていくということですね（**図13-1**）。そうしないと、たとえば1番で5文字だった箇所に2番では7文字を入れたりすると、作曲家さんがこの2文字分をどうしようかと迷ってしまうんです（字数についてはP.74で詳述）。

　さらに厳密に言えば、たとえば7文字で3・4という区切れ方だとしたら、2番の同じ行も3・4と区切れるようにしなければいけません（**図13-2**）。詞先の場合、まだメロディはないので、どうしても3・4で見つからなければ、どちらも5・5にしてみるとか、そういう方法もあります。ただし詞先で書き始めると、長さの見極めが難しくなるというか、むやみに詞が長くなったりしてしまうことがあるので、適当な仮歌を作って歌ってみるといいでしょう。

　でも、詞先よりも曲に歌詞をつける作業のほうが圧倒的に楽しいと思います。シンガー・ソングライターの場合は、自分で字数もメロディも好きに調整できるので、同時に作っている人が多いようです。キャッチ・コピーのようなフレーズが先にサビとして出来上がっていたとしたら、それにメロディをつけて、今度はメロディを作りながら、そこに詞をつけたりするわけです。ですから、1番と2番でまったく字数の違う曲もできたりします。しかし、作曲と作詞が分業で行なわれる場合、それはご法度であることを覚えておいてください。

図13-1　1番と2番の字数を合わせる

1番の字数　　**5・7・7・5・7**

　　　　　　　⇅

2番の字数　　**5・7・7・5・7**

図13-2　言葉自体の区切れ方も合わせるとよい

1番アタマの字数　　あの頃は｜君とふたりで
　　　　　　　　　　　5　　　7(3・4)

　　　　　　　　　　　⇅

2番アタマの字数　　悲しくて｜指でなぞった
　　　　　　　　　　　5　　　7(3・4)

第2章　書きたいテーマが見つかる！

QUESTION 14
作詞をするうえで普段から行なうべきこととは？

ANSWER 何よりもまず音楽を聴き、CDを買い、そして音楽を愛しましょう。

あなたが好きな曲のベーシストの名前は？

　映画を観る、小説を読むといったこともももちろん大切だとは思います。ただ、ここはちょっと説教になってしまうのですが、何よりもまず音楽を聴け、CDを買え、音楽を愛せ、と言わせてください。僕の作詞教室でも最初に尋ねることなのですが、"音楽を愛していますか？"と聞くと、みなさん"愛しています"って答えるんです。"では、これからみなさんが音楽を愛していないことを証明してみせましょう。一番好きな曲の入っているアルバムのタイトルは？"と聞くと、みなさん答えられますが、そのアルバムのプロデューサーは？と聞くと、半分程度しか答えられない。では、その作曲家と作詞家は？　ギタリストの名前は？　ベーシストの名前は？……誰も答えられないんですね。それは音楽を愛していない証拠です。

　第1章で"作詞はチーム・プレー"と説明したように、映画でいえばシンガーは映画の主人公です。プロデューサーは映画監督です。であるならば、その映画監督がほかにどのような映画を撮っているのかを知っておくのは当然でしょう。野球にたとえてみれば、野球チームに所属していながら、監督の名前も知らず、1塁手の名前もわからずに野球をやっているのと同じです。それではピッチャーとキャッチャーがキャッチ・ボールしているのと変わりません。ヘタしたらキャッチャーの名前さえ知らない。それではただ壁に向かってボールを投げているだけです。

　それといつもみなさんに聞くんですが、映画界を目指している人は年間に何本くらい映画を観ると思うか聞くと、"100本くらいは観るんじゃないですか？"と答えるんです。では、小説家になりたい人は年間、本を何冊くらい読むと思うか聞くと、"100冊、200冊くらいは読むんじゃないです

か？"と言うんです。では、音楽のプロになりたいあなたは、去年、何枚CDを買ったかと聞くと、"2枚"とか答えるんですよ（笑）。さすがに100枚は多いにしても、ほとんどCDを買わずして、TVの音楽番組を観ているだけでプロになれるというのは、ちょっとおこがましい。日本語ができれば、作詞くらいできるというのは大きな誤解です。

　音楽というのは好きか嫌いかだけの話です。どのCDを聴いたら勉強になるかとか、そういうことはもっとあとになっての話で、まずは音楽を好きになってください。僕が音楽を聴くのも、ただ面白いから聴いているのであって、意識的に音楽を聴かなければいけないような聴き方ならしないほうがいいですし、"これ以上CDを買ったら家賃が払えない！"とか、"ローンがたまっているけど、もう1本ギターが欲しいんだよな〜……でも、買っちゃった！"くらいに音楽が好きであってほしいと思います。

　そのあとの段階として名盤と呼ばれているものくらいは知っておいてほしいですね。作詞家というのはオール・ジャンルの詞を書かなければいけないわけです。アメリカンっぽいもの、ジャジィなもの、カントリーなものと、ありとあらゆるアレンジの曲があがってくるので、UKっぽいものと言われても、そのジャンルを知らないかぎり書けません。たとえばファッション・コーディネーターなら、年齢層もターゲットも違うのに、いつも同じアクセサリーしか提供できないのと同じです。少なくとも世界的に大ヒットした作品くらいは持っておいてもらいたいものです。

COLUMN 2

須藤晃さんに教えられたこと
～人の心や思い出のなかに土足で入りこむ～

　COLUMN 1で述べたとおり、僕を作詞家に導いてくれたのは須藤晃さんでした。彼とどのように詞を作っていたかというと、いつも会議室や喫茶店で2～3時間、音楽とまったく関係のないことを延々と話すんです。すると会話の途中で須藤さんが、"それいいじゃん！　詞になるよ！"とアドバイスしてくれるんです。本編P.102で紹介しているような"あるあるネタ"を一緒に探してくれていたんですね。そんなふうに詞を書き始めると面白い詞ができるんだ、というのが僕にとっては革命的でした。

　須藤さんは徹底的にリアルな表現を好み、P.112で述べているような"作詞モード"を嫌う人でした。そんなところにも影響を受けましたね。彼に言われた今でも忘れられない言葉に、"作詞という作業は、自分のお尻の穴を人に見せることと一緒だ"というものがあります。自分が経験したことや妬み、悲しみ、苦しみなんかをさらけ出すこと、要は人に一番見られたくない部分を見せてこそ初めて作詞であると。そして"人の心や思い出のなかに土足でどこまで入りこんでいけるかが、作詞の勝負所だ"とも言っていました。自分の尻の穴を見せることで、やっと人の心のなかに入っていけるということですね。それが結果としてリスナーを代弁することになるわけです。

　それまでの僕は、これだけカッコいい言葉を知っている、これだけ人と違う言い回しができる、こんな語呂合わせもできるぞ、というふうに自分の才能を知らしめたくて詞を書いているようなところがありましたが、須藤さんに出会ったことで、意識が一変したのです。

第3章

言葉がメロディにピタリとハマる！

書くべきテーマは見つかりましたか？
続いて、いよいよ実際の作詞の作業に入りましょう！
しかし、音符に言葉を当てはめるわけですから、
覚えておきたい音楽的ルールがいくつか存在します。
この第3章では、"音楽と言葉の関係"を学びます。

QUESTION 15

メロディにはどうやって言葉をのせるのですか？

ANSWER まずは字数（じかず）表を作りましょう。

字数表は作詞家にとっての譜面です

　俳句の5・7・5のように字数表を作りましょう（**図15-1**）。たとえば童謡「チューリップ」なら"さいた　さいた　ちゅーりっぷの　はなが"なので、3・3・4・3ですね（**図15-2**）。こうして数字を書いたあとに句読点を入れていきます（**図15-3**）。句点（。）はヴォーカリストが息継ぎをするところで、読点（、）では息継ぎをする場合としない場合があります。字数表の作り方は人それぞれですが、僕はこのように書いています。

　その曲を自分で作ったような気持ちになるまで聴きこめば、字数表はおのずと作れると思います。基本的にメロディをラララで歌った数を指で数えながら作ればいいでしょう。このとき、各音符の長さは関係ありません。7文字を"4・3"でとらえるかそのまま"7"でとらえるかは、聴きこんで自分にとって自然な切れ目であるかで判断してください。とにかく3・3・4・3といった数字の横には、文章と同じように必ず句読点をつけてください。逆に言うと、この句読点で意味が切れるので、その文字数に合わない切れ方をする言葉は絶対のせてはいけないということです。

　たとえば3・3となっているところに"青い空が（あおい　そらが）"は大丈夫なんです。でも、"光と影"というフレーズは同じ6文字でも3・3に当てはめると"ひかり　とかげ"となって"トカゲ"に聞こえてしまってダメなんです（**図15-4**）。言葉のひとかたまりを"文節"と呼びますが、字数と文節は絶対に崩してはいけません。文節を見分ける方法としては"ね"や"さ"を入れる方法があります。たとえば"ひかりと「ね」"、"かげ「ね」"とか、"あおい「ね」"、"そらが「ね」"というのは意味が通じるので大丈夫ですが、先ほどの3・3に"光と影"を入れてみると、"ひかり「ね」"、"とかげ

図15-1　字数表の例

A
2・4
2・4
6
7・3

B
6・3
6・3
8

C
5
5
7・8
5
5
7・8

図15-2　歌詞と字数表の関係

例：童謡「チューリップ」

歌詞

さいた　さいた　ちゅーりっぷの　はなが

ラララ

ラララ　ラララ　ラララ　ラララ

字数表

3・3・4・3

図15-3　数字のあとに句読点を入れる

4と3の合計で7文字ということ

3・3、・4・3。(7)

↑読点　↑句点

図15-4　3・3の場合の"青い空が"と"光と影"

　　　　　　3　　　3
青い空が　（あおい　そらが）

　　　　　　3　　　3
光と影　　（ひかり　とかげ）

「ね」"というふうに不自然なのがわかると思います。厳密に言うと"おはようございます"というのも、"おはよう「ね」"は成り立っていますが、"ございます「ね」"だけでは意味が通じないので、"おはようございます"が1文節となり、9文字のところに入れることになります。

　ただ、昨今、世のなかにはメチャクチャな詞がとても多いです。たとえば"なにしてるのかな"というフレーズが、**図15-5**のように切れている詞をどこかで聴いたことがあるんです。"なにしてる一♪""のかな一♪"。"のかな"って何？みたいな（笑）。ありえないところでメロディが区切れるのは、個人的には許せません。"別にいいじゃん"と思うかもしれませんが、少なくとも作曲者が嫌がります。字数表はギターでいえばチューニングだと僕は思っています。チューニングの合っていないギターの演奏は心地良いものですか？　"そんな固いことを……"と言われることもありますが、やはり聴いていると耐えられないものです。

　字数表のいいところは、数字の並びを見て"あ、こことここが同じメロディなのか！"とわかることです。すると、そこには同じ言葉をくり返し使ってもいいし、韻を踏んでもいいんじゃないかとかひらめくわけです。3・3・3のようなサビがあったとしたら、そういうところには印をつけておいて、ここはわざわざ言葉を変えずに、"あなた　あなた　あなた"でもかまわないということです（**図15-6**）。字数表はそんなふうに作詞用の譜面として使えるのが便利なところです。五線譜だと息継ぎの場所がわかりません。さらに"ひかり""とかげ"を避けるためには必須です。歌詞の文言を考える前に、まずは字数表を作りましょう。そうしないと言葉の取捨選択もできません。

まとめ

- メロディをラララで歌って字数表を作ろう
- 句読点をつけて息継ぎポイントをチェック
- 字数と文節をきちんと対応させること

図15-5　不自然な区切れ方

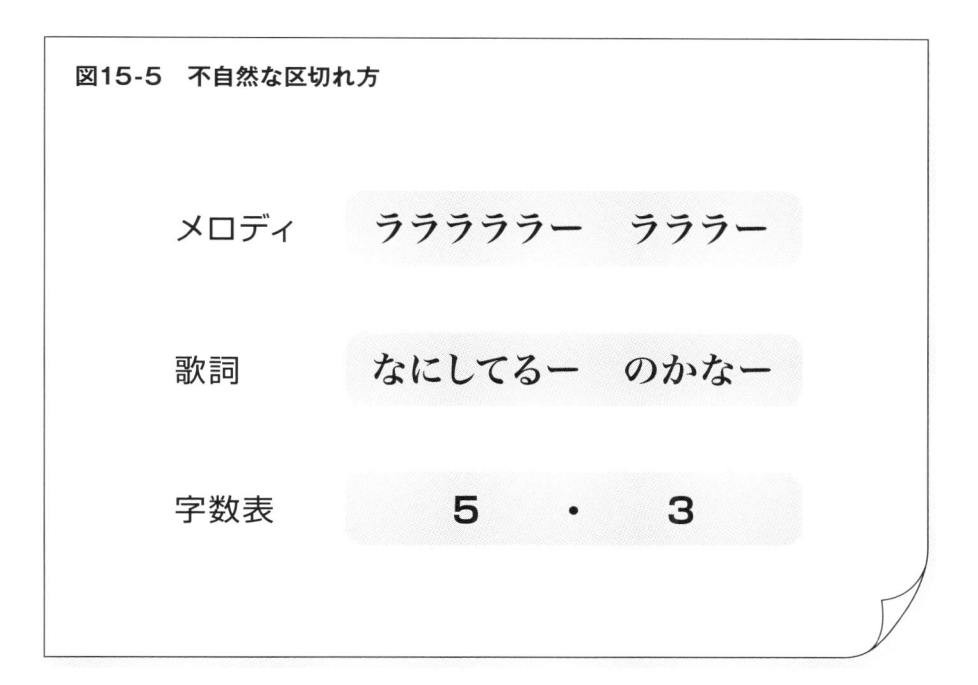

メロディ	ラララララー　ラララー
歌詞	なにしてるー　のかなー
字数表	5　・　3

図15-6　字数表は同じ字数の箇所を探すのに便利

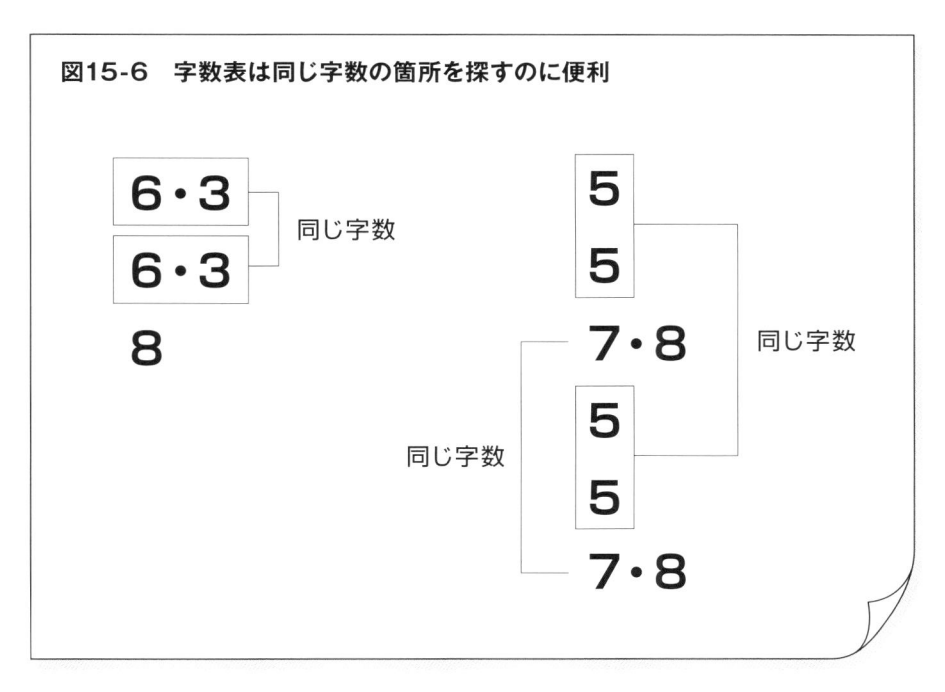

6・3
6・3　　同じ字数
8

5
5
7・8　　同じ字数
5
5
7・8　　同じ字数

QUESTION 16

"ゃ" "っ" "ー" の音符の当てはめ方は？

ANSWER 音符やテンポによっても異なりますが、片言の日本語に聞こえないようにすることが基本です。

"っ"と"ー"は音符の長さに合わせよう

　ほとんどの場合 "ゃ""ゅ""ょ" は直前の文字と合わせて1音符とします。つまり "ちゃ""しゅ""きょ" はそれぞれ1音符です（**図16-1**）。"っ""ー"（音を伸ばす記号。通称、音引き）は音符が短いときに直前の文字と合わせてしまうと、片言日本語のように聞こえてしまう場合があります（例："やっぱり"というフレーズが "やぱり" と聞こえる）。ですから、長い音符のときは直前の文字と合わせて1音符でいいのですが、短い音符の場合は "や・っ・ぱ・り" のように別々の音符にのせるべきです。"ー" も同様です。"ページ" もテンポが速いと "ペジ" になってしまうので、これも歌ってみて片言になっていないか確認しましょう（**図16-2**）。

　最近よく "〜したい" の "たい" を1音符で歌う曲を耳にすることがあります。個人的には好きではないのですが（笑）、これは絶対ダメというわけではありません。こうすると英語っぽく聞こえるんです。僕なら "た・い" と聴かせたいですが、これは好みでしょう（**図16-3**）。"ブルー" などのもとが英語のカタカナ日本語は、"ブルー" と1音符でのせても問題ありません（**図16-4**）。

　難しいのが "リップ" のような "っ" を含むカタカナ日本語。2音符で "リッ・プー" って言うと変ですよね。それで "リップ" と1音符にしてみると "プ" が聞こえず "リ" しか聞こえない（**図16-5**）。"リップ" のあとに "が" とか、何か "てにをは" がつくとわかりますが、体言止めで終わるときは処理に困る場合があります。ただし、"っ" のあとの一文字の処理はケースバイケースですね。"キック" などもそうですが、歌ってみて片言日本語に聞こえるか／聞こえないかが判断基準になります。

図16-1 "ゃ""ゅ""ょ"は直前の文字と合わせて1音符

ちゃ、ちゅ、ちょ、しゃ、じゃ、きょ、びゃ、りゃ、 など

図16-2 "っ""ー"は片言日本語に聞こえないように処理をする

〇 音符が長い場合

やっ ぱり やっ ぱり　　ペー ジ

✕ 音符が短い場合

やっ ぱり　　　　　　　ペー ジ

"やぱり"と聞こえてしまう　　"ペジ"と聞こえてしまう

図16-3 "たい"を1音符にすると…

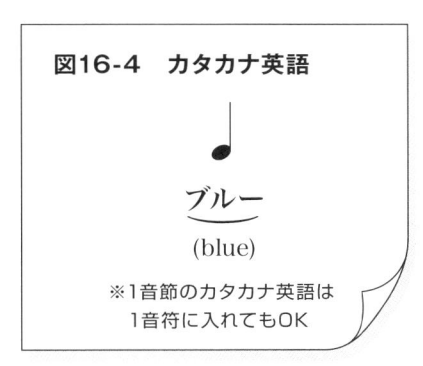

して みたい

図16-4 カタカナ英語

ブルー
(blue)

※1音節のカタカナ英語は
1音符に入れてもOK

図16-5 体言止めで終わる言葉の処理

リップー　➡　2音符だと不自然に聞こえる場合がある

リッ（プ）　➡　1音符だと"リ"しか聞こえない場合がある

リップが　➡　"てにをは"が入ると"プ"が聴きとりやすい

第3章 言葉がメロディにピタリとハマる！

QUESTION 17

音符と詞の関係でやってはいけないことは？

ANSWER スラーとシンコペーション、装飾音符には気をつけましょう。

作曲家の意図をしっかりと聴きとろう！

　やってはいけないことというか、作曲家さんが特に嫌がる2点があります。ひとつは"スラーの無視"です。スラーとは"音の高さの違う2音符を弧線で結んで1音符の扱いにすること"を指しますが、要は母音をもう一度歌い直すということです。童謡「むすんでひらいて」で説明してみましょう（**図17-1**）。"むーす（う）んーでー　ひーらーい（い）て"の"す（う）"と"い（い）"の部分がスラーです。"ひーらーい（い）て"のメロディの"ラーラーラアラ"を"ラーラーラ「ラ」ラ"と解釈してしまうのがスラーの無視です。このように作詞家がスラーを勝手にとって、音符をバラバラにしてはいけません。

　もうひとつ、作曲家さんが嫌がるのがシンコペーションの無視です（**図17-2**）。シンコペーションはヒット曲を生むキャッチーな要素であったりもするので、作曲家さんはとてもこだわります。スラーやタイ（同じ高さの音符を結ぶ弧線）は確立された音楽記号なので、これを外すことはメロディを変えてしまうことと同じです。音源を受け取ったら、スラーやシンコペーションをしっかりと聴きとるようにしましょう。

　あともうひとつ気をつけてほしいのが装飾音符、いわゆる"こぶし"ですね。装飾音符の字数のとらえ方に特に決まりはありませんが、装飾音符すべてに詞をつけたりするとおかしな感じになってしまうので注意しましょう（**図17-3**）。字数ひとつでとらえるか、ふたつでとらえるかは、それぞれの作詞家のセンスに委ねられます。字数表のこぶしやシンコペーションの箇所に自分なりの印をつけておくと、実際に言葉をのせるときに便利でしょう（**図17-4**）。

図17-1　スラー

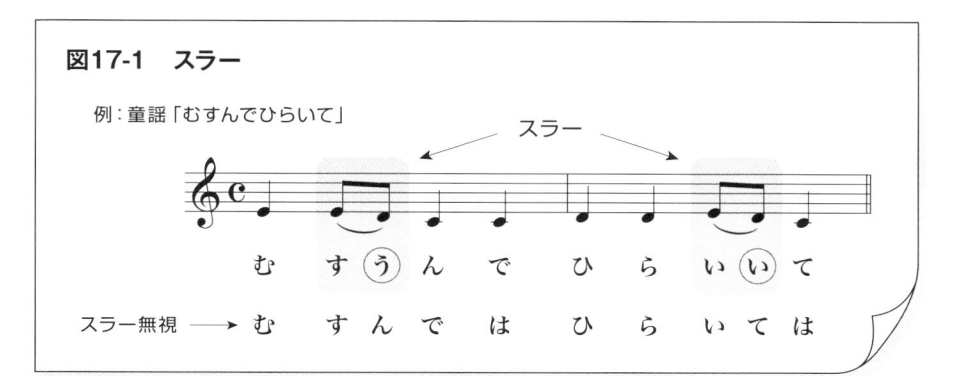

例：童謡「むすんでひらいて」

　　　　　　　　　　　　スラー

む　す　ん　で　ひ　ら　い　て
　　　う　　　　　　　　い

スラー無視　→　む　すんで　は　ひらいて　は

図17-2　シンコペーション

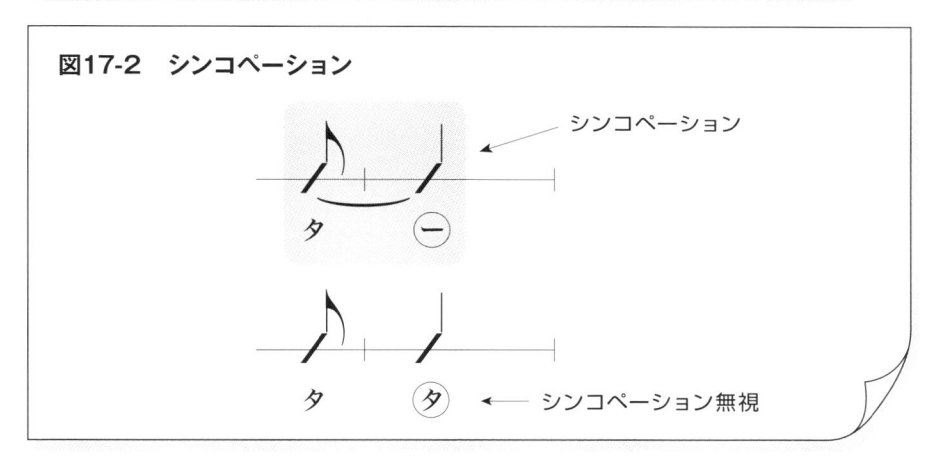

タ　ー　←　シンコペーション

タ　タ　←　シンコペーション無視

図17-3　装飾音符（こぶし）

装飾音符（こぶし）

- ○ 字数1つ　　ラー　　アア　　アー
- ○ 字数2つ　　ラー　　ラア　　アー
- × 字数4つ　　ラー　　ララ　　ラー

（字数＝"ラ"の数）

装飾音符（こぶし）に
詞をつけた場合

図17-4　字数表につける印の例

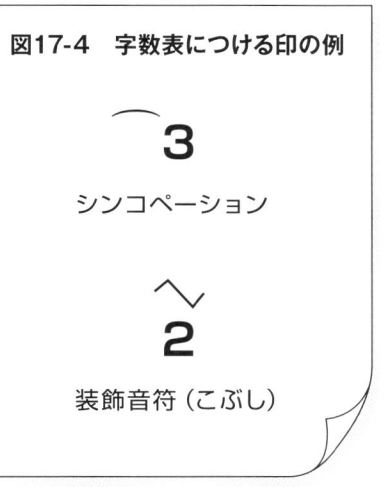

⌒
3
シンコペーション

∨
2
装飾音符（こぶし）

第3章　言葉がメロディにピタリとハマる！

QUESTION 18

英語はどのように音符に当てはめますか？

ANSWER 辞書に載っているように、その音節で分けるのが基本です。

ネイティブの人のチェックも忘れずに！

　ひたすら洋楽を聴くこと。あとはセンスです……と言ってしまっては身もふたもないので（笑）、基本としては辞書に載っているように、音節で分ければよいのです（**図18-1**）。1音節の言葉をふたつの音符にのせてしまうと英語に聞こえないので注意しましょう（**図18-2**）。

　ここで英語のフレーズを作るときの注意点について触れておきたいと思います。英語を使ったら、たとえそれが部分的なワン・フレーズでも、必ずネイティブの英語が話せる人にチェックしてもらいましょう。よく使われる言葉に"wind"（風）という単語がありますが、使い方によってはスラングで"おなら"の意味になってしまいます。また、○○を信じるという英語は正しくは"believe in ～"ですが、現代英語のなかには"believe ～"というふうに、前置詞のinを省く表記も現われているようなので、短い文章でも、きちんとチェックしてもらってください。とは言っても、5人のアメリカ人に聞くと、5人とも違うことを言ったりするのですが（笑）。

　あとはやはり洋楽をたくさん聴いてほしいと思います。作詞教室の生徒さんから"洋楽は作詞の勉強にならない"と言われることがあります。訳詞を見てもピンとこないし、日本語詞のほうが勉強になると。しかし、音楽あってこその作詞なので、音楽のセンスを磨くためにも、まずは洋楽から入ってほしいのです。映画監督を目指すのならば、邦画だけを観ていてはダメですよね？　サッカーのプロを目指すなら、Jリーグではなくヨーロッパのサッカーを観ないと。作詞の勉強になる／ならないといった基準で音楽を聴く人がいますが、音楽のセンスを磨くためにも日頃から洋楽を聴くという体制に切り替えてもらいたいと思います。

図18-1　音節

let・ter　（レター）
par・ty　（パーティー）
dis・cus・sion　（ディスカッション）
　　　　　　　　　……etc

※ "・" は音節の切れ目。基本的に4文字以下の言葉は切らない

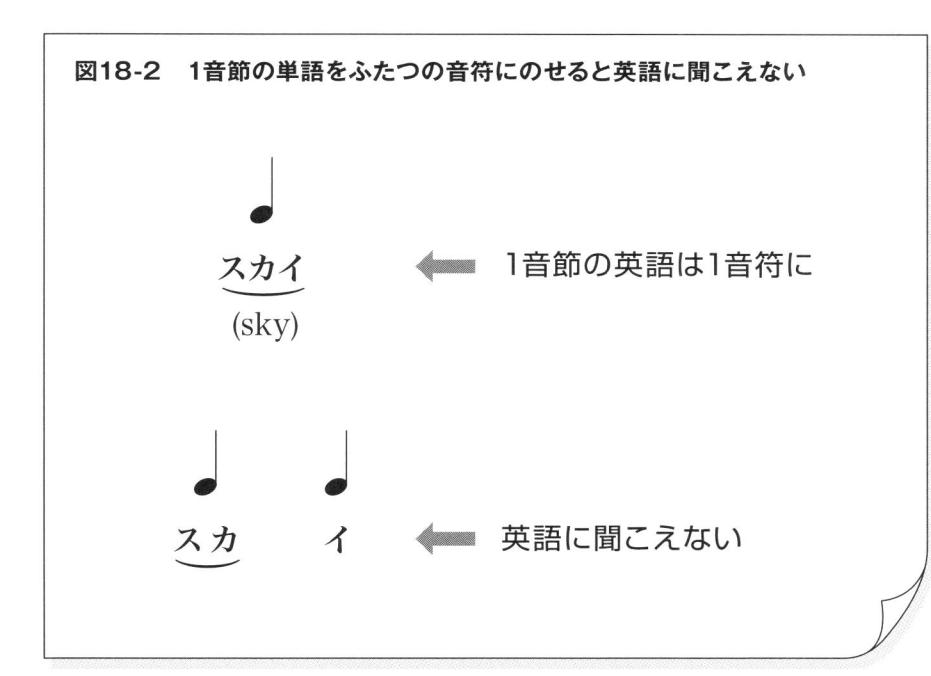

図18-2　1音節の単語をふたつの音符にのせると英語に聞こえない

スカイ
(sky)
⬅ 1音節の英語は1音符に

スカ　イ
⬅ 英語に聞こえない

QUESTION 19

コーラスはどのように作ったらいいですか？

ANSWER コーラスには"字ハモ"と"追っかけ（ハモ）"の2種類があります。

ハモりの部分は独立した文節／言葉であるべき

　ハモりには単純に同じ単語や文章をハモる"字ハモ"と、主メロとは違うメロディをバックで歌う"追っかけ（ハモ）"（**図19-1**）があります。作詞家としての経験からすると、最初からコーラスのついているデモ・テープをもらうケースはほとんどありません。どこをハモるかは詞をお渡ししたあと、アーティストやアレンジャーが決めるのが通常のパターンです。とはいえ、本書のなかには自分で曲作りをしている人もいるでしょうから、ここでは"字ハモ"を作る際の注意点を紹介しておきます。

　それは、ハモる部分の文節が独立しているべきである、ということです。たとえば2・2という字数で、うしろの2にハモりをつけることにします。その場合"あの空ー"なら、"そらー"で独立した言葉なので問題ありません。一方、まずいケースとしては、"彼女のー"のように"じょのー"だけをハモることになってしまう場合です（**図19-2**）。さらに字ハモは通常1番と2番の同じ箇所でハモることが多いので、2番も"あの雲ー"のようにやはり1文節の単語を同じ場所に用意してあげなければいけません。コーラスはヴォーカルとオケをつなぐ役割を持っています。字ハモはキャッチーなメロディをさらにキャッチーにする効果があり、特にサビでよく使われます。あなたのお友達でもカラオケに行くと、頼みもしないのにすぐハモってくる人がいるでしょう？　その"ハーモニー"こそが、音楽における最大の楽しい要素です。

　"字ハモ""追っかけ（ハモ）"で有名なのが、なんといっても小田和正の楽曲でしょう。たとえば「ラブ・ストーリーは突然に」では"字ハモ""追っかけ（ハモ）"が存分に聴けるので、一度聴いてみてください。

図19-1　字ハモと追っかけハモ

●字ハモ

あ の そ ら め ざ し て

●追っかけ（ハモ）

wow　wow　wow

そ ら ー

図19-2　字ハモはそこで成立する言葉、文章にしたほうがよい

●字数が2・2で、うしろの"2"だけをハモりにした場合

ハモり

あ の そ ら　　"そら"をハモる

か の じょ の　　"じょの"をハモる

QUESTION 20

曲のコードも詞と関係がありますか？

ANSWER コード感にはあらがえないので、詞もコード感に合わせましょう。

洒落たコード感の曲にはオシャレな言葉を！

　これが実はおおいに関係があるのです。何小節目がどのようなコードになっているかという細かな話ではなく、曲全体やサビがメジャー7th系の曲なのか、それとも7th系の曲なのかによって、印象が随分と変わってきます。メジャー7th系の場合は爽やかでオシャレな感じ。カッコつけているような感じですね。7th、もしくは9th系の場合はブルージィでロックな感じというか。詞もやはりその世界観に合ったフレーズ作りが求められるので、できれば楽器のできる人に聞いてみるか、そうした音楽を聴きこんでもらうしかないですね（**図20-1**）。

　たとえば携帯電話という単語は、メジャー7th系には合いますが、7th系には合わない小道具だったりします。道路を描くにしても7th系は砂埃のラフな道という感じがしますが、メジャー7th系なら舗装された高速道路というか（**図20-2、3**）。P.40で書いたように、メジャー・キーの曲に悲しい詞、マイナー・キーの曲に明るい詞という裏切り方はできますが、コード感にはなかなかあらがえません。オシャレだな、都会的だなと感じられる曲はたいていメジャー7th系だと思ってもらって結構です。

　メジャー7th系の曲なのか、7th系なのかというのはファッションの違いだと思ってください。メジャー7th系は、大人向けの都会的なファッション。7th系はたとえばストリート系のファッションです。もし、あなたがオシャレで大人っぽい誌面の雑誌を担当しているアクセサリー・コーディネーターなら、そこに載せるアクセサリーはストリート系であってはいけないということです。雑誌によってメイクもアクセサリーも変えるように、単語や言葉使いもコード感に合わせましょう。

図20-1　おもなメジャー7th系の曲と7th（9th）系の曲

●メジャー7th系の曲
　「Loving You」　ミニー・リパートン
　「Close To You（遥かなる影）」　カーペンターズ
　「ポリリズム」（サビ）　Perfume

●7th（9th）系の曲
　「Come Together」　ザ・ビートルズ
　「アジアの純真」　PUFFY
　「ボーイフレンド」（サビ）　aiko

図20-2　メジャー7th系のイメージ

図20-3　7th（9th）系のイメージ

QUESTION 21

歌詞の言葉数が少ないとき隙間を埋める秘訣とは？

ANSWER 隙間を埋めるという考えは捨てて、そこにピッタリくる言葉を探しましょう。

作詞の言葉はジグソーパズル

みなさんがよくやるのが"○○だね"とか"○○だよね"とか、言葉尻で字数を合わせるやり方です。8文字のメロディに対して"今日は晴れてる"というフレーズでは1文字足りないので"今日は晴れてる「ね」"とか（**図21-1**）。しかし、これは作詞としては感心しません。やはり字数どおりに言葉を埋めていくのが基本です。

それともうひとつ、みなさんがよくやる方法が"そっと"とか"ずっと"というような中途半端な修飾語をつけるやり方。"雨が降る"だと文字数が足りないので、"雨が「そっと」降る"といった感じです。しかし、こんなふうに隙間を埋めるのではなく、最適な言葉を探し当てるまでじっくりと粘ってほしいところです。"青い空"という5文字を6文字にする場合、たとえば"青い"という3文字を4文字で表現できるような言葉を探しまくるわけです。"まぶしい"とか"果てない"とか。そうやって言葉を変えたり、いろいろと探して回っているうちに、きっと素敵な単語に出会えます。ただし、それは決して特殊な言葉という意味ではありません。"青"と"空"をひっくり返して"空が青い"とするだけでも1文字増えますし（**図21-2**）、たとえば"空が高い"のようにしてみたらそっちのほうがよかったと思えたりとか。そんなふうに言葉を取っかえ引っかえしながら、ピッタリくる言葉をジグソーパズルのように探してみてください。

利用できるものには類語辞典があります。"青い"に似た4文字、5文字の言葉を見つけたり、"空"の類語を引いて何かのヒントにするのもいいですね。逆引き辞典もおすすめです。これは言葉尻の同じ単語を探すことのできる辞典で、詞で韻を踏みたいときなどに便利です。

図21-1　言葉尻や"そっと"などで文字数を合わせるのは避けよう

● "会いたい"（4文字）を6文字で書き換える場合

あ い た い ➡ ○ ○ ○ ○ ○ ○

　✗ 避けるべき例：会いたい<u>よね</u>

　○ 書き換えの例：抱きしめたい　そばにいたい

　（"抱きしめたい"のように、会ったあとの行動に変えるのもアリ）

● "雨が降る"（5文字）を8文字で書き換える場合

あ め が ふ る ➡ ○ ○ ○ ○ ○ ○ ○ ○

　✗ 避けるべき例：雨が<u>そっと</u>降る

　○ 書き換えの例：雨が降りそそぐ

図21-2　言葉を取っかえ引っかえしながら似たような言葉を探してみる

● "青い空"（5文字）を6文字に書き換える場合

あ お い そ ら ➡ ○ ○ ○ ○ ○ ○

　　○ 書き換えの例：まぶしい空　空が高い

QUESTION 22

既存の曲の替え歌を作ることも役立ちますか？

ANSWER 作詞のよいトレーニングになるので、ぜひおすすめします。できれば洋楽でやってみてください。

洋楽の替え歌で作詞のプロセスの実践を！

　おおいに役立ちますが、できれば洋楽でやりましょう。邦楽でやると、日本語でイメージが固まってしまっている分、妙な替え歌にしかならないと思います。代表的な洋楽の日本語カバー曲に、ザ・タイマーズの「デイ・ドリーム・ビリーバー」があります（図22-1、2）。1950〜60年代の日本の音楽シーンでは、よく洋楽の曲に日本語詞をつけて歌っていました。

　洋楽に日本語詞をつける手順としては、まずラララで歌い直して、そのラララを字数表に起こします。そのあとに詞をつけていきますが、何が役立つかというと、実はこの作業は本書で紹介している作詞法のプロセスそのものなんです。お囃子的な部分の詞の作り方とか、字数表の作り方などを総合的にトレーニングできるんですね。サビのアタマは英詞のまま生かしてもかまわないですし、まったく原詞と関係のない詞をのせてみてもいいでしょう。たとえばUKロックの音楽にはどのように詞をつければいいのかとか、アメリカのR&B系の音楽にはどのようにアプローチすればいいのかとか、自分で課題曲を選ぶこともできます。おすすめというよりも、ぜひやってもらいたいトレーニングですね。

　そうやって出来上がった詞というのは"詞先"の作品としても利用できます。さらに音楽事務所に"私はこんな詞を書いています"というふうにプレゼンする資料としても活用できます。アマチュアの場合、商品になる前のデモ・テープをもらって詞を書くという経験はなかなかできないと思うので、洋楽の音源をデモ・テープだと思って、まずラララで歌い直してから、オリジナルの詞をつけてみてください。それを続けていれば、あなたの作詞力はかなりアップすると思います。

図22-1　「Daydream Believer」THE MONKEES

Words & Music by John Stewart
© by SCREEN GEMS-EMI MUSIC INC.
Permission granted by EMI Music Publishing Japan Ltd.
Authorized for sale in Japan only.

Oh, I could hide 'neath the wings of the bluebird as she sings
The six o'clock alarm would never ring
But it rings and I rise, wipe the sleep out of my eyes
My shavin' razor's cold, and it stings

Cheer up, sleepy Jean, oh what can it mean
To a daydream believer and a homecoming queen?

You once thought of me as a white knight on his steed
Now you know how happy I can be
Oh, and our good times start and end without dollar one to spend
But how much baby do we really need?

Cheer up, sleepy Jean, oh what can it mean
To a daydream believer and a homecoming queen?
Cheer up, sleepy Jean, oh what can it mean
To a daydream believer and a homecoming queen?

Cheer up, sleepy Jean, oh what can it mean
To a daydream believer and a homecoming queen?
Cheer up, sleepy Jean, oh what can it mean
To a daydream believer and a homecoming queen?
Cheer up, sleepy Jean, oh what can it mean
To a daydream believer and a homecoming queen?

図22-2　「デイ・ドリーム・ビリーバー」ザ・タイマーズ

日本語詞：ゼリー

もう今は　彼女はどこにもいない
朝はやく目覚ましがなっても
そういつも　彼女とくらしてきたよ
ケンカしたり　仲直りしたり

ずっと夢を見て　安心してた
僕はDay Dream Beliver　そんで彼女はクイーン

でもそれは　遠い遠い思い出
日がくれてテーブルにすわっても
Ah　今は彼女　写真の中で
やさしい目で　僕に微笑む

ずっと夢を見て　幸せだったな
僕はDay Dream Beliver　そんで彼女はクイーン
ずっと夢を見て　安心してた
僕はDay Dream Beliver　そんで彼女はクイーン

ずっと夢を見て　いまもみてる
僕はDay Dream Beliver　そんで彼女はクイーン
ずっと夢を見て　安心してた
僕はDay Dream Beliver　そんで彼女はクイーン
ずっと夢見させて　くれてありがとう
僕はDay Dream Beliver　そんで彼女はクイーン

COLUMN 3

松任谷正隆さんから学んだこと
~作詞の理論とテクニック~

　僕にとってのもうひとりの師、松任谷正隆さんには、本書で書いているような理論的な部分や具体的なテクニックを教えてもらいました。ただ、最初に松任谷さんが詞を褒めてくれたとき、僕は彼の言っていることをまったく理解できませんでした。というのも、僕が"どうだ！"と思っていた箇所を彼は"よくない"と言い、僕が力を入れずに書いたところを"いい"と言っていたからです。まず、なぜ"よくない"のか、なぜ"いい"のかがまったくわからないまま、一緒に詞を作る作業を始めたわけです。

　でも、松任谷さんと3年、5年と仕事を続けていくうちに、やっと言っていることの意味がわかってきました。自然な言葉遣いであったり、Aメロは客観的に書くことであったり、ブロックごとの書き分けであったり……つまり本書で書いているようなことを徹底的に叩きこまれて、ようやく理解できるようになったわけです。実際ユーミンも松任谷さんとそのように論理的に歌詞を作っていたことを知り、彼女の歌詞の大ファンだった僕は、その作詞法をモノにしたくて、10回、20回とボツが出ようとも必死で書き続けました。松任谷さんとアルバム1枚全詞作ったことが何度かありますが、そんなときは彼の家に拉致・監禁され（笑）、1ヵ月くらいカンヅメで書かされるんです。アルバム10曲に対して、その10倍＝100曲を1ヵ月間で書かされたこともありました。

　松任谷さんはスタッフの才能を引き出すのに非常に長けている、本当のプロデューサーだと思います。彼に見出されて音楽業界で成功していった人をたくさん知っていますが、僕もそのなかのひとりなのです。

第4章

リアルな表現が可能になる！

作詞をするうえでの具体的なテクニックを伝授しましょう。
これまで何曲もの詞を書いてきた人にとっても、
かなり実践的なQ＆Aになっていると思います。
"リアル＝リスナーの気持ちを代弁する表現"にたどりつくために、
ここでさまざまなノウハウを覚えましょう！

QUESTION 23

情景描写の上手な方法を教えてください。

ANSWER プロモーション・ビデオを撮るようなイメージで、カメラ・ワークを工夫してみましょう。

いろんな角度から景色を映し出そう!

　情景描写の効果的なテクニックとして挙げられるのが、カメラ・ワークに変化を持たせることです。アマチュアの方は、ずっと自分の目線で世界を描くということに陥りがちです。ハンディカムを自分で握ったままの映像になっているんですね。そういう場合は、Aメロ、Bメロというブロックごとに、カメラを置く位置を変えてみるといいでしょう。たとえばAメロは自分の目線のままハンディカムで撮ってもいいですが、Bメロはどこかにカメラを固定して自分と相手を映してみる。地面ギリギリに置いて見上げるような映像（アオリ）にしてみたり、上空から俯瞰する映像だったり（**図23-1**）。サビは感情を書く部分なので、あまりカメラ・ワークは気にしなくてもいいと思います。

　もうひとつカメラ・ワークの手法として、撮りたい対象物に直接カメラを向けないというのもあります（**図23-2**）。雲を撮影しようとすると、みなさんはすぐ雲にカメラを向けるんですが、雲と反対方向にカメラを向けてみると、車のボンネットやサングラスに雲が映っていたりしますよね。このような映りこみを利用してみるのも面白いでしょう。車のボンネットの映りこみを利用すれば、車と雲が一度に描けるので"雲が流れています。僕ら車に乗っています"というふたつの文章ではなく"ボンネットを流れる雲"とコンパクトに伝えることができます。主人公は車に乗っているんだな、外は天気がいいんだなと、ひとつの文章で多くの情報を伝えることができるわけです。

　あとはカメラのアングル。ユーミンの「海を見ていた午後」に"ソーダ水の中を貨物船がとおる"というフレーズがありますが、これは喫茶店のテー

図23-1　アオリと俯瞰

アオリ　俯瞰

同じシチュエーションの違ったアングル。あなたなら、それぞれどんなフレーズにしますか？

図23-2　撮りたい対象物に直接カメラを向けない

第4章　リアルな表現が可能になる！

「海を見ていた午後」　作詞・作曲：荒井由実　© 1974 by ALFA MUSIC, INC.

ブルに置かれたソーダ水を通して見た貨物船を描いた実に高度なフレーズです（**図23-3**）。海に浮かんだ貨物船を普通に撮ってしまうと、たとえば"晴れた午後の海を貨物船がとおる"というようなありふれた表現になってしまいますが、ちょっとアングルを変えてみることで、こんなにユニークなフレーズになるんですね。

　カメラのスピードも、詞に変化をつけられます。スローモーションで撮るのか、間引いた映像（超低速撮影）で撮るのか。ミルクがはねた映像をスローで撮るのか、1年の流れをギュッと凝縮したような早送りの映像にするのか。そのあたりを考えながらカメラ・ワークを工夫してみると、とても面白い映像になると思います（**図23-4**）。

　なぜこんなふうにカメラ・ワークに変化をつけたいかというと、ＡメロとＢメロの表現に差をつけたいからです。ＡメロからＢメロに行ったとき、オケ（バックの演奏）はせっかく雰囲気を変えているのに、作詞だけがずっとワンカメのまま、自分目線で書き続けていたのではブロックごとの差がつかないわけです。たった0.1秒の出来事を4行で書いたものと、1日の交差点の流れをたった1、2行で書いたものを並べてみるだけでも、随分とメリハリが出てきます。なかでも手っ取り早いのが、ここで紹介したカメラの位置を変える方法。カメラを逆に向けるという手法は比較的オーソドックスで、ユーミンもよく使っています。あとは主語をまったく違うものに変えてしまうとか。たとえばＡメロで"わたしは〜"としたら、Ｂメロは"風は〜"のようにするんです。プロモーション・ビデオを制作するようなイメージで、カメラをダイナミックに動かしてみてください。

まとめ

- **Ａメロ、Ｂメロなどのブロックごとにカメラの位置を変えよう**
- **被写体やアングルを変えてユニークなフレーズを考えよう**
- **時間の長短や主語に変化を持たせるのも効果的**

図23-3　カメラ・アングルの工夫

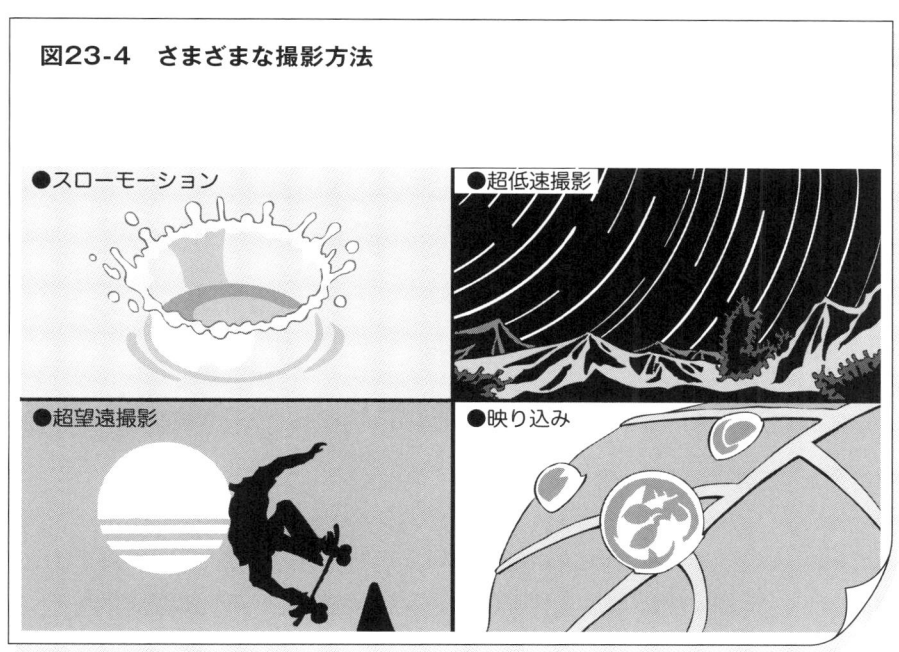

●晴れた午後の海を貨物船がとおる　　●ソーダ水の中を貨物船がとおる

図23-4　さまざまな撮影方法

●スローモーション　　●超低速撮影

●超望遠撮影　　●映り込み

第4章　リアルな表現が可能になる！

QUESTION 24
いつも歌詞が抽象的だね、と言われてしまいます。

ANSWER 形容詞や形容動詞を使わずに表現してみましょう。

写真や映像をそのまま描くように書く

　抽象的に聞こえる理由のひとつが形容詞や形容動詞の多用です。初心者の方は特に形容詞や形容動詞をたくさん使う傾向があります。形容詞なら"激しい雨"や"優しい人"、形容動詞なら"静かな部屋"や"悲しそうに笑った"といった感じですね。第1章とも重複しますが、たとえば"静かな部屋"を10人に連想させてみると、春夏秋冬、朝昼晩、バラバラです。しかし、そうやって詞の1行目に"静かな部屋"があったとして、2行目に"セミの声"とあったら、夏以外の景色を思い浮かべた人は、頭のなかで一度映像を修正しないといけないわけです（**図24-1**）。そうなるとスピード感がなくなる分、詞が伝わりにくくなるんですね。ですから"静かな"を使わずに"遠いサイレンが真夜中に響く部屋"とか"時計の音だけが響く部屋"のように、あるいは"悲しそうに笑った"を"うつむいて笑った"というふうに具体的な表現に変えてみるといいでしょう（**図24-2**）。要は写真やビデオで撮ったときの映像をそのまま具体的に描くということです。

　しかし、Aメロ、Bメロ、サビがすべて具体的に書かれていたら、それはそれでメリハリのない詞になってしまうので、逆に具体的な事例を形容詞を使って書いてみるという作業もできるといいです（**図24-3**）。Aメロを具体的に書いたら、Bメロは抽象的に書く、逆にAメロを抽象的に書いたらBメロは具体的に書くということです。詞を書きながら"あ、このブロックにはまったく形容詞がないな。じゃあ、次のブロックは形容詞を使ってみよう"というふうに思えるようになったら理想的です。とかくアマチュアもプロも、主観的、抽象的に書くのはわりと得意なんですが、具体的、映像的に書いているブロックがとても少ないので、具体、抽象の書き分けは訓練してみるといいと思います。

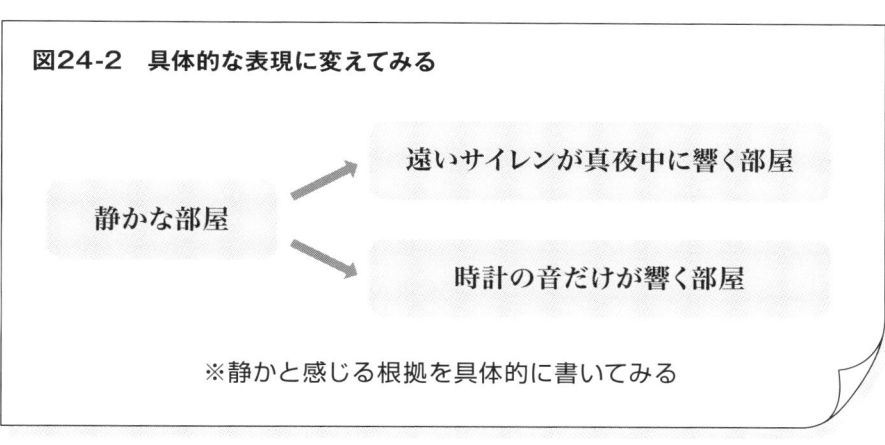

図24-1　形容詞・形容動詞はイメージを伝えづらい

静かな部屋〜♪

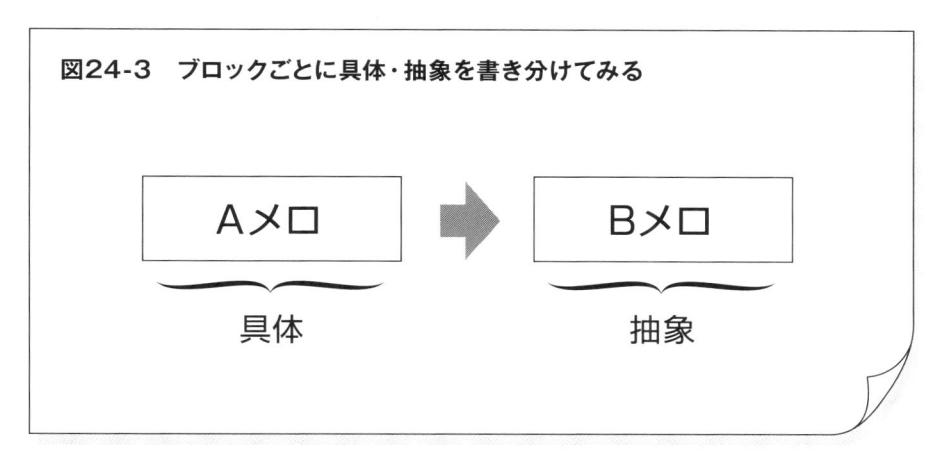

秋の夜長だねぇ…

セミの声〜♪

え!? 夏!?

第4章　リアルな表現が可能になる！

図24-2　具体的な表現に変えてみる

静かな部屋 → 遠いサイレンが真夜中に響く部屋
　　　　　 → 時計の音だけが響く部屋

※静かと感じる根拠を具体的に書いてみる

図24-3　ブロックごとに具体・抽象を書き分けてみる

Aメロ ➡ Bメロ

具体　　　　　　抽象

QUESTION 25

効果的なサビの作り方を教えてください。

ANSWER 極論を言えば、サビはラララだけでもいいと思ってください。

コンサートで大合唱することをイメージする

　作詞となると、みなさんどうしても多くの言葉を詰め込もうとするんですが、第1章でも触れたとおり、サビというのはみんなで大合唱する部分なので、なるべくキャッチーでくり返し歌っても飽きないようなフレーズにしてください。サビというのはコンサートで泣きながら大合唱するようなところなのに、みなさんわりと饒舌にここでもいろんなことを言おうとするんですね。たとえば、ビートルズの「ヘイ・ジュード」のように"ラララ"だけでも立派なサビだということです。英語の詞にはYeahとかwowなどを使ったサビや、スキャットやタイトルだけの連呼もよく見かけます（**図25-1**）。サビは同じフレーズのくり返しでもいいのです。

　同じフレーズをくり返すのは何だか演歌みたいで嫌だという人がいますが、そんなことありません。コンサートで大合唱していることを考えると、できるだけ単純化したほうがいいのです。とにかくお客さんがライヴ会場で大合唱している姿を想像しながらサビを作ってほしいと思います（**図25-2**）。サビはAメロやBメロと違ってもっとも感情的な部分なので、ヘタに言葉をのせるより、シンプルなほうが感動的になります。感情的なこと以外の言いたいことは、AメロとBメロで言いきってしまい、サビは極論を言えばラララだけでもいい、それくらいの気持ちで作ってほしいということです。

　ただし！　ただ単純なサビを作ればいいというわけもなくて、サビのメロディによってはラララだけでは合わない場合もありますし、どこのメロディで言葉をくり返せばカッコよくなるか、わざとらしくなってしまうか、それはすべて作詞家の音楽的センスにかかってきます。

図25-1　シンプルなサビの例

●ラララもしくはスキャット

「言葉にできない」	オフコース	"ラララ"とタイトルのくり返し
「supernova」	BUMP OF CHICKEN	"ラララ"とスキャット
「Woman」	ジョン・レノン	"well well"と"Dudodo"
「A Horse With No Name（名前のない馬）」	アメリカ	完全に"ラララ"だけのサビによる20世紀の名曲
「In My Place」	コールドプレイ	サビでくり返す"Yeah"はライヴで大合唱

●言葉のくり返し

「リンダリンダ」	THE BLUE HEARTS	くり返す＋飛びはねる！
「Baby I Love You」	くるり	タイトルだけのくり返し
「ありがとう」	井上陽水 奥田民生	サビだけでなくAメロも"ありがとう"
「Johnny B. Goode」	チャック・ベリー	Go Goをくり返す、まさにイケイケのサビ
「They Don't Care About Us」	マイケル・ジャクソン	サビの2行の大合唱のくり返しは、それだけで感動的なクライマックスに

図25-2　お客さんが大合唱している姿を想像しながらサビを作ろう

QUESTION 26 リスナーを引きこむAメロの作り方は？

ANSWER 日常の"あるあるネタ"を探してみましょう。

常にアンテナを張って人間観察しておこう！

　第1章で書いたとおり、基礎においてAメロに入るのは、サビの感情を思い立ったきっかけということになります。リスナーの気持ちを代弁するという意味では、極論を言うと"あるあるネタ"を書くべきなのです（**図26-1**）。誰もが経験していて、"あ、そうだよね！"と思えるようなネタです。たとえばタンスの角に小指をぶつけると超イタイよね！とか。台所にカップ焼きそばのお湯を捨てるとボン！っていうよねとか。まぁこのようなネタは詞では使えませんが（笑）。女性だったら、せっかく塗ったマニキュアが乾く前にどこかにぶつけて剥がれちゃったとか、誰もが経験することで、なおかつその瞬間に感情があふれだすものを見つけてほしいんです。

　漫才などでも"あるあるネタ"ってやりますよね。P.50でも触れたとおり、ピアノを習っていた女の子の大半は初めて家にピアノが来た日、すごく嬉しいと感じたとか、8月の誕生日の人は夏休みと被るからいつも祝ってもらえないんだよねとか。女子校出身、男子校出身、それぞれの"あるあるネタ"というのもあるでしょう。詞に使える使えないは別としてこうしたものをたくさんストックしておくには、日頃から人間観察をすることが必要になります。人との会話のなかで"そうそうそう！"と思えることに対して、常にアンテナを張るということです。

　もう少し突っ込んで言うと、万人が"そうそう！"と思うことではなく、あなたのリスナーのターゲットが"そうそう！"と感じる"あるあるネタ"ということです。ユーミンだったらOLさんが"そうそう！"と思うようなことを書きますし、斉藤和義や忌野清志郎なら男性のちょっとエロチックな気持ちとか、だらしなさを表現していたり。ユーミンの「ランチタイムが終

図26-1　Aメロでは"あるあるネタ"を書こう

誰もが経験することで、なおかつその瞬間に感情があふれだすもの

●せっかく塗ったマニキュアが乾く前にどこかに当たって剥がれちゃった

●好きな人から電話がかかってきたとき、"寝てた？"と聞かれ、本当は寝ていたのに"寝てないよ"と答える

●傘を持っていない日にかぎって雨が降る

第4章　リアルな表現が可能になる！

わる頃」（**図26-2**）には"みじめなうわさが届かないように気の早い半袖で来てみた"というフレーズがあるのですが、別れた彼への少しの見栄と季節の変わり目という今日の服選びに関して、女性だったら思わず"そうよね〜"って共感してしまう。たたみかけるように２番のＢメロで"はやびけをしたい　そんな午後です"というフレーズ。これはもうOLさんだけでなくすべてのお勤め人の心のなかの"あるある"と言えるでしょう。やはりここでも大切なのは、作詞はリスナーの代弁であるということです。

　ほかにＡメロの効果的なテクニックを紹介すると、映像でいうならアップから引きにする手法です。まずガチャン！と皿が割れた映像から、ヒュッとカメラが引くと、そこは彼の家の台所で、そこには"アッ！"という顔をしている女の人の映像が来るというイメージです（**図26-3**）。まず台所を映し、どんどんアップになっていくと女性が映り、その女性が皿を落とすという逆の撮り方よりも、映像的にスピード感が出るのがわかると思います。つまり"ここは彼の家の台所　皿が割れた"というフレーズよりも、"皿が割れた　ここは彼の家の台所"としたほうがいいということです。１行目でアップの映像を描いて、２行目でヒュッと引いた映像を描くほうがＡメロとしては効果的です。もうひとつ例を挙げるなら"青い空　白い雲　君を抱きしめた"ではなく、"君を抱きしめた　青い空　白い雲"というイメージです。１行目で"あ、何が起きたんだろう？"と思わせておいて、場所や季節などのシチュエーションはあとで触れるということですね。Ａメロというのは曲のつかみの部分なので、作曲家も最初の４小節はとても気を使って作っています。サビほど派手ではないものの、曲の大きな聴かせどころなのです。ですから作詞もなるべく具体的な描写を持ってきて、聴き手をハッとさせるような導入部に仕立て上げてみてください。

まとめ

- Ａメロには"あるあるネタ"を書くと効果的
- "あるあるネタ"を探すには日頃からの人間観察が大切
- アップから引きにするカメラ・ワークも効果大

図26-2 「ランチタイムが終わる頃」

作詞・作曲：松任谷由実
© 1983 by KIRARA MUSIC PUBLISHER

会えるはずのないあなたの姿も
見つけられそうに混んだレストラン
みじめなうわさが届かないように
気の早い半袖で来てみた

手紙も出せぬほど忙しいのよ
話しかけられて微笑みかえす

ほら　チャイムを鳴らし　コーヒー冷まし
もうすぐランチタイムが終わる
日向で語らう人々は急ぎ
また白いビルに吸い込まれる
私と鳩だけ舗道に残って
葉裏のそよぎをながめていた

かすかに響いて来る地下鉄に乗り
はやびけをしたい　そんな午後です

ほら　チャイムを鳴らし　背中をたたき
もうすぐランチタイムが終わる
チャイムを鳴らし　背中をたたき
もうすぐランチタイムが終わる

図26-3　Aメロで効果的なカメラ・ワーク

アップ　→　引き

QUESTION 27

Bメロがどうしても出てきません。

ANSWER 登場人物の背景やストーリーを"万事"ではなく、"一事"で的確に書くようにするといいと思います。

Bメロは論理的に書ける部分

　第1章のおさらいになりますが、サビは感情＋How、Aメロはその感情になったきっかけと、どちらも0.1秒で起こったことを書く部分。それに対してBメロというのは、そのAメロやサビとは関係のない、たとえば"僕と君"が出会った2、3年といった長いスパンのことを書く部分です。Aメロとサビは感情（とそれがわき起こったきっかけ）のブロックなので、Bメロではそこに至るまでの背景やReason（理由）を書くと効果的でしょう（**図27-1**）。曲のなかでストーリーがクッキリと描き出されるのはBメロだけなんです。ストーリーを書くといっても、さほど長い行数ではないので、何か印象的な"一事"をピックアップするといいでしょう。

　一番シンプルな一事の表現方法が対比です。ひとつの事柄について対比してみるんです。僕は○○で、君は△△と言えるものですね。たとえば僕は朝弱い、君は夜弱いとか、僕はスイカに塩をかける、君はスイカに塩をかけないとか。たったひとつの事柄だけで、ふたりのキャラクターの違いが表わせるものを考えてみましょう（**図27-2**）。よく勘違いされるのが対等にならないことを書くケースで、たとえば女性に"私は○○であなたは△△"というフレーズを書いてくださいと言うと、"私は働いて家事もするのに、あなたは働くだけで家事をしない"なんて書くわけです。これは対比じゃなくて、ただの愚痴です（笑）。そうではなくて"君はずっと空を見ていた、僕はずっと草を見ていた"とか、そんなふうにすれ違いを表現してほしいと思います。"君は○○を見て泣く、僕は△△を見て泣く"、またはP.66で紹介した男女の違い"男は忘れてくれと言い、女は覚えていてと言った"というのもあるでしょう。こうしたことをいくつかストックしておくと、比較的どのような詞にも使えたりします。対比を書くのはもう訓練

図27-1　Bメロは背景や長いスパンのことを書く

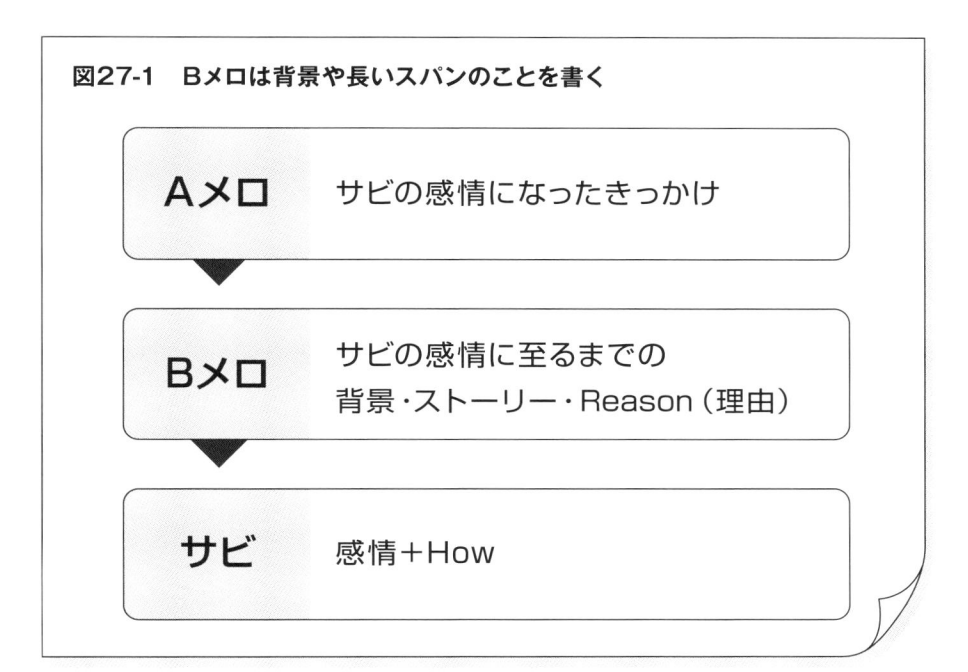

Aメロ	サビの感情になったきっかけ
↓	
Bメロ	サビの感情に至るまでの 背景・ストーリー・Reason（理由）
↓	
サビ	感情＋How

図27-2　Bメロでは対比が効果的

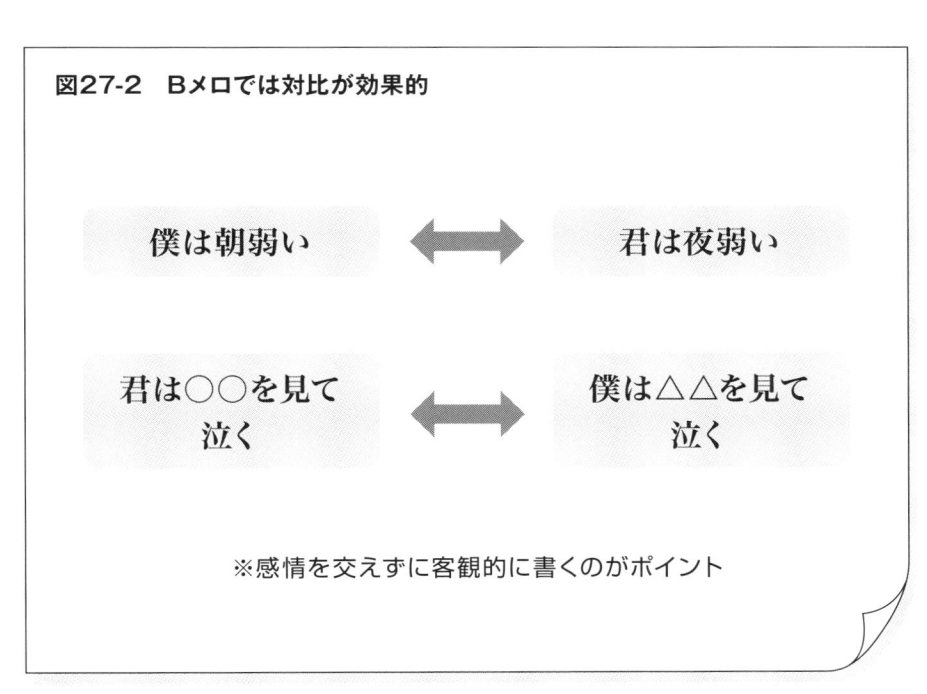

僕は朝弱い　⇔　君は夜弱い

君は○○を見て泣く　⇔　僕は△△を見て泣く

※感情を交えずに客観的に書くのがポイント

第4章　リアルな表現が可能になる！

しかないですが、コツは感情を交えないように客観的に対比することで、どちらかが不利、もしくは愚痴にならないものを書くということです。

なぜこのようにAメロやサビと書き方を変えるかというと、とにかくBメロでは場面転換してほしいのです（**図27-3**）。Aメロで"夕日が○○"と書いているのに、Bメロになってもまだ夕焼けについて書いているような詞を多く見かけます（**図27-4**）。多くの曲はBメロで演奏やアレンジ、メロディがガラッと変わりますから、Aメロ、サビで0.1秒のことを書いているのなら、Bメロでは長いスパンのことを書くわけです。次のサビでは演奏やアレンジが最高潮にエモーショナルになるので、Bメロはむしろ論理的というか、感情を交えずに書くときれいに音楽とリンクします。

そういう意味でBメロというのは、段階を踏めばテクニカルに書けるパートでもあるのです。作曲家さんやアレンジャーさんも、わりとテクニカルに作っていますし、できればロジカルに作ってもらいたいブロックでもあります。Aメロ→Bメロ→サビという順番で詞を書いていたら、なかなかBメロは出てこないと思いますが、第1章でも書いているように、サビ→Aメロ→Bメロという順番で書いていけば、おのずとBメロは出てくると思います。

僕はずっとこの順番で書いてきたので、今ではAメロ、Bメロ、サビが同時に浮かびます。このサビならBメロはこうなるなとか。ステージのライティングもこうなるだろうから、そういうライトに合う詞にしようとか。慣れてくると同時に書けるようになるのです。

まとめ

- Bメロはストーリーを描き出す部分
- ひとつの事柄について対比させてみよう
- 感情を交えず客観的／論理的に書くのがポイント

図27-3　Bメロでは場面転換をしよう

Aメロ
↓
Bメロ

AメロとBメロは、

●カメラ・ワーク
●時間軸
●主語

などを変えることにより、はっきりと場面転換させる

図27-4　AメロとBメロで場面転換しない悪い例

Aメロ　Bメロ

場面転換！

QUESTION 28

1番と2番はどのように書き分けますか？

ANSWER 2番は1番とシンクロさせるような形で書きます。

2番は1番を見ながらパズルのように作ろう

　基本的に2番も1番と同じような構成になります。Aメロは0.1秒のことを書き、Bメロは長期間のスパンのことを書きます。1番のAメロがサビのきっかけだとしたら、2番のAメロにはまた違う何か印象的な、やはり0.1秒の"あるあるネタ"を書いてほしいと思います（P.102参照）。僕は"部品"と呼んでいますが、もうひとつ別の部品を探してきてほしいんです。2番のAメロはサビとつながらなくてもかまいません（**図28-1**）。

　2番のBメロは1番のBメロとリンクさせて作ります。1番のBメロが"君は夜弱い　僕は朝弱い"だとしたら、2番は"君は○○を見て笑った　僕は△△を見て笑った"のような感じです。こんなふうにキャラクターをもうひとつ掘り下げて、1番とシンクロするようにリンクさせるということですね（**図28-2**）。もうひとつ例を挙げると1番で"高校のとき、自分の夢を話したら先生は鼻で笑った"とあれば、2番は"そんな僕の夢に君だけがうなずいてくれた"とか。要は"僕の夢"に対して"鼻で笑った""うなずいてくれた"というふうにリンクさせるというか、同じ事例、質問、言動について対比させるということです。この1番と2番で対比させるBメロの作り方はオーソドックスな方法ですね。

　1番と2番でもっとも凝りたいのはBメロです。Bメロが1番と2番でリンクしていれば、全体の詞がまとまります。クロスワード・パズルではないですが、1番の内容がしっかりと固まっていると、2番の要素も必然的に決まってくるはずです。サビは基本的に1番と一緒でいいです。変えるにしても"ゴーゴーゴー！　シャツは青"が1番だとしたら、"ゴーゴーゴー！　ズボンは黒"とか（笑）。

図28-1　1番と2番の詞の構成

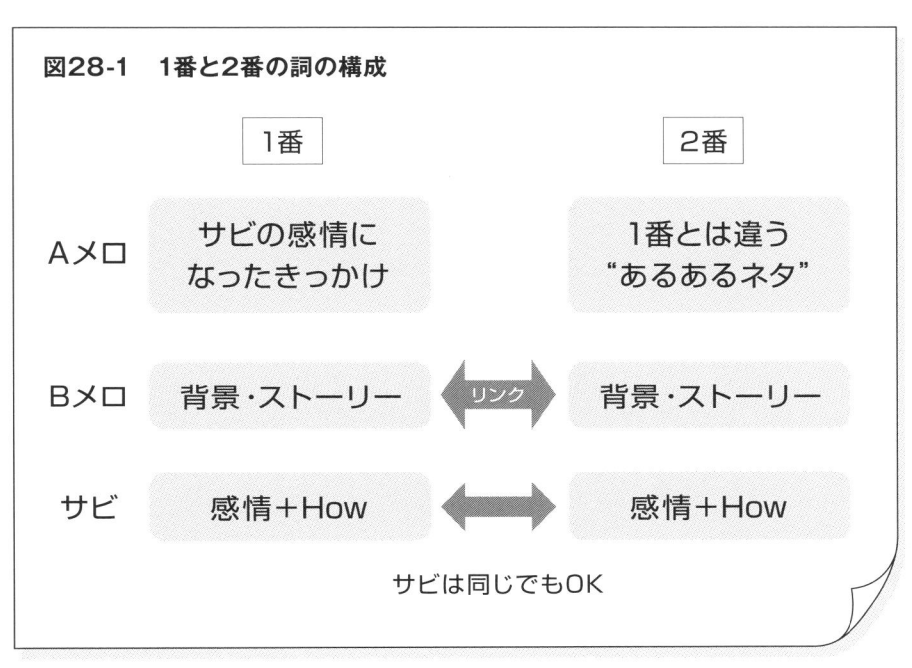

	1番	2番
Aメロ	サビの感情になったきっかけ	1番とは違う"あるあるネタ"
Bメロ	背景・ストーリー ⟷リンク⟷	背景・ストーリー
サビ	感情＋How ⟷	感情＋How

サビは同じでもOK

図28-2　Bメロは1番と2番でリンクさせる

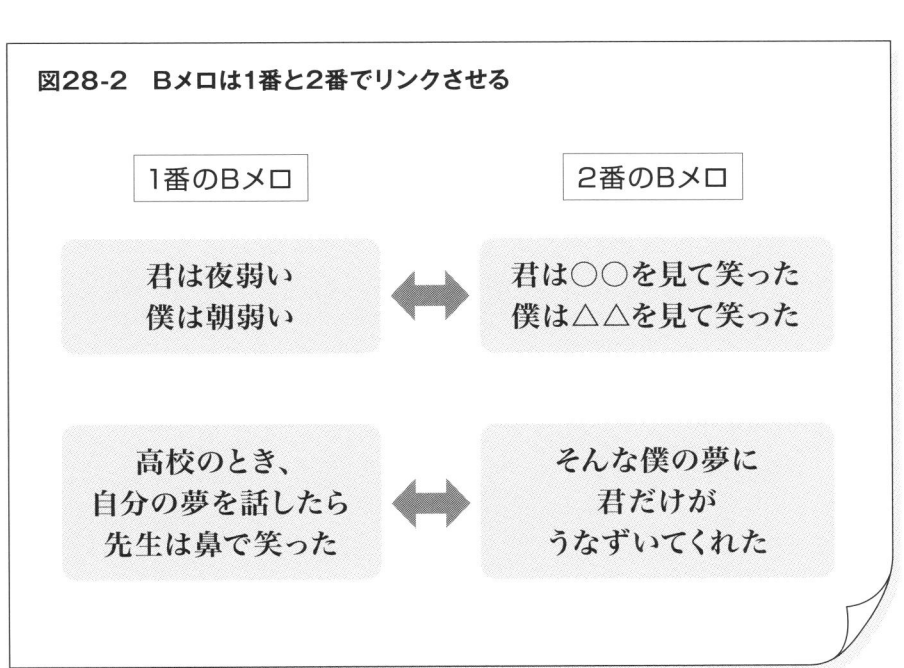

1番のBメロ		2番のBメロ
君は夜弱い 僕は朝弱い	⟷	君は○○を見て笑った 僕は△△を見て笑った
高校のとき、 自分の夢を話したら 先生は鼻で笑った	⟷	そんな僕の夢に 君だけが うなずいてくれた

第4章　リアルな表現が可能になる！

QUESTION 29

使い古された表現しか思いつきません。

ANSWER "作詞モード"をやめて、話し言葉で書いてみましょう。

リアルな表現は、話し言葉から生まれる

　みなさん詞を書くとなると、突然キザっぽく、ロマンチックになって"作詞モード"に入ってしまうことが多いです。かつてTVなどで聴いてきた音楽が自然と頭にインプットされているのか、極端にロマンチックになってしまう傾向があるんですね。しかし、近年の詞というのはロマンチックなものではなく、リアルなものが求められています。

　普段使わないのに、詞になると突然出てくるフレーズというのがあります。瞳、微笑み、きらめく、幼い頃といったものです（**図29-1**）。日常会話では"お前、笑った顔、かわいいよね"と言うのに、作詞になるといきなり"君の微笑みが"となってしまう。まずはそうした表現を話し言葉に変える作業から始めてみてください。

　それとロマンチックになってしまう理由のひとつが、使い古されたシチュエーションの使用です。たとえば別れ際に雨が降っていたりです。無理やりな演出もなるべくやめましょう（**図29-2**）。ただ、サビは使い古された言葉で十分です。"痛い"とか"愛してる"とか、そういう感情はほかに表現がないので、1000年後も使われているであろう言葉を使ってください。

　1950年代や60年代のオールディーズを彷彿させる詞を書く場合に、あえて使い古されたフレーズを入れるのはアリだと思いますが、まずは作詞モードをやめて話し言葉で書いてみましょう。瞳、微笑みといった単語や特殊なシチュエーションは、上級者になるまで自分のなかでNGにすることですね。もちろんそれはずっと使ってはいけないということではなく、詞の基礎ができてからは臨機応変に使っていけばいいと思います。

図29-1　作詞モードと話し言葉

作詞モード	話し言葉
君の瞳がまぶしい	君は目がかわいい
君の微笑みがまぶしい	君の笑った顔がかわいい
きらめく風	風が気持ちいい
幼い頃	小さい頃

図29-2　クリスマス・イヴの夜、雪が降る確立は？

都市	ホワイト・クリスマスになる確立
東京	0%（30年間で0回）
名古屋	10%（30年間で3回）
京都	10%（30年間で3回）
大阪	3%（30年間で1回）

※気象庁による1981年〜2010年の「気象統計情報」より
※作詞初心者のうちは、リアルな表現を心がけましょう。

第4章　リアルな表現が可能になる！

QUESTION 30

うまく韻を踏むにはどうすればいいですか？

ANSWER 語尾を合わせるよりも、文法的な並びを合わせることに主眼を置きましょう。

日本語の歌で韻を踏むのは難しい

　日本語はあまり韻を踏むのに適した言語ではありません。文末が"です"や"ます"など、名詞で終わらない文法になっているからです。"韻を踏む"とは語尾の発音記号を合わせることですが、無理に韻を踏んで"○○の感情、○○の心情"などとしてしまうと、ただ辞書を引いているだけのような詞になってしまいます。一方、英語や中国語は最後に名詞が来る構造になっているので、韻を踏むのに適しています。"sky""cry""try"といった1音節の単語だけで韻を踏むのは比較的簡単ですが、ポール・マッカートニーは3音節の単語と1音節の単語で韻を踏ませたりと、高度な韻を踏んでいるので、勉強になると思います。

　日本語で韻を踏むことを、もう少し大きく解釈してみると、主語・目的語・述語という文法的な並びを一緒にしてみるとか（**図30-1**）、1番と2番の同じ行の文法を合わせてみるとかですね（**図30-2**）。P.110でも書いたように、韻を踏むというよりも文章がリンクしているようなイメージです。

　また、韻ではありませんが、言葉遊びのようなものがあって、佐野元春の「アンジェリーナ」には"車が来るまで闇にくるまっているだけ"というフレーズがあります。「有楽町で逢いましょう」にも"濡れてこぬかと気にかかる"というフレーズがありますが、これは濡れて"こないか"と小糠雨（こぬかあめ）の"こぬか"がかかっています。韻は必ず踏まなければいけないものではありませんが、そういう箇所が多いほど、詞は覚えやすくキャッチーになります。なるべく文法の並びは揃えたほうがいいと思いますが、特に1番と2番の並びだけでも同じにするといいでしょう。

図30-1　文法的な並びを合わせる手法①

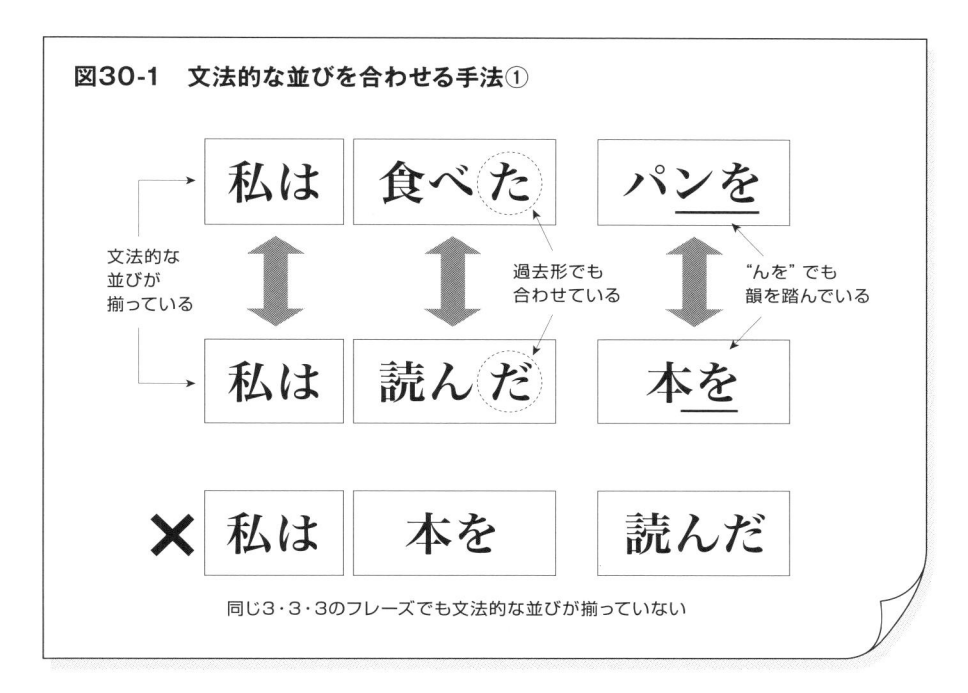

私は　食べた　パンを
　　　　↕　　　　↕　　　　↕
私は　読んだ　本を

- 文法的な並びが揃っている
- 過去形でも合わせている
- "んを"でも韻を踏んでいる

✕　私は　本を　読んだ

同じ3・3・3のフレーズでも文法的な並びが揃っていない

図30-2　文法的な並びを合わせる手法②

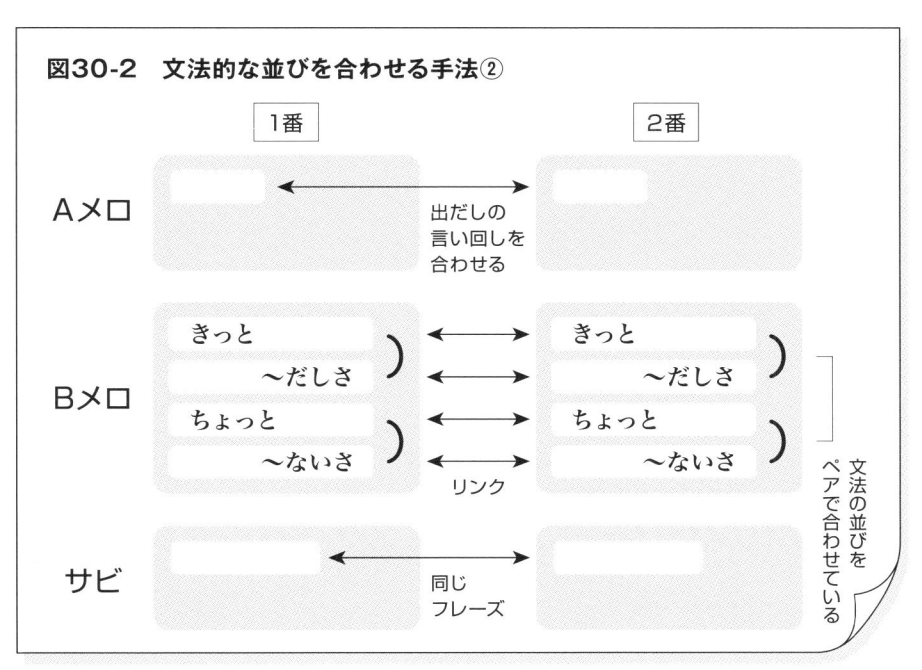

	1番	2番
Aメロ	□ ←出だしの言い回しを合わせる→ □	
Bメロ	きっと／〜だしさ　ちょっと／〜ないさ	きっと／〜だしさ　ちょっと／〜ないさ
サビ	□ ←同じフレーズ→ □	

リンク

文法の並びをペアで合わせている

第4章　リアルな表現が可能になる！

QUESTION 31

季節感を出すために有効な方法とは？

ANSWER なるべく五感を通した季節感を書きましょう。

1年に1日しかない記念日を書くのは避けよう！

　季節を表現するのに、1年に1日しかない日、たとえば誕生日とかクリスマス、バレンタイン・デーなどを書くのは初心者のうちはやめましょう（**図31-1**）。また"桜"はしばらく封印しましょう（笑）。ありきたりな詞になってしまうし、テクニックがないうちに使うと安易な詞になってしまいます。季節感を出すのに有効な方法としては、体感を書くことです。たとえば夏なら、冷房の効いた銀行から外へ出たときのムッとする感じとか、冬なら手のかじかんだ痛い感じとか、春なら昼間は半袖でも暖かいのに、夕方になったら半袖では寒くなるとか、そういった温度とか湿度、汗の感じなどをなるべく書いたほうが効果的だと思います。ありきたりですが、春の沈丁花の匂いだったり、梅雨の雨の匂いだったり、秋のキンモクセイの匂いだったり、嗅覚でもOKです（**図31-2**）。

　クリスマスのことを書くにしても、その真っ最中のことではなくその前後のことを書く。街でウィンター・セールが始まったとか、ジョン・レノンの歌が流れ始めたとか、忠臣蔵をやり始めたとか（笑）。桜を書くにしても、卒業式前に桜が散っちゃったとか、卒業式に桜が咲かなかったとか、そういうほうがむしろリアルで面白いと思います。あとは季節特有の音。夏だったら高校野球のブラス・バンドの音やカルピスのなかを転がる氷の音……ちょっと昭和すぎますかね（笑）。冬ならストーブのなかの青い火や結露とか。あとは服装も季節の変化を表わすアイテムですね。特に女性の詞の場合、うまく季節感を出すことができると思います。ただし服装に関してはNGワードがあります。それは"お気に入りの"です。みなさん、わりと"お気に入りのワンピース"なんて使うんですが、これもちょっとした"作詞モード"（P.112参照）の言葉ですね。

図31-1　初心者のうちは1年に1日しかない日を書くのはやめよう

◆ 誕生日

◆ クリスマス

◆ バレンタイン・デー

◆ 卒業式

※詞に書くのなら、その真っ最中ではなく、その前後のことを書くとよい

図31-2　五感による季節の表現がリアルで効果的

◆夏の冷房の効いた銀行から
　外へ出たときのムッとする感じ（触覚）

◆冬の手のかじかんだ痛い感じ（触覚）

◆秋のキンモクセイの匂い（嗅覚）

◆夏の高校野球のブラス・バンドの音（聴覚）

◆冬の結露（視覚＋触覚）

QUESTION 32

倒置法を使うと効果的でしょうか？

ANSWER　効果的ですが、あくまでもメロディとの関係によります。

高揚したメロディに高揚した言葉をのせよう

　もちろん効果的だとは思いますが、やみくもに言葉を入れ替えても意味はありません。あくまでもメロディとの関係によります。作詞においてはメロディがもっともエモーショナルな部分に、もっともエモーショナルな単語をはめたいので、多くの場合、言葉の並び順はバラバラになります。わかりやすく言うと、メロディがもっとも高音になっているところがもっともエモーショナルな箇所で、そこに一番言いたい言葉を持ってくるということです。つまり倒置法というより、メロディに合わせて順番を並び替えているということですね。メロディが高揚しているところに高揚しているフレーズを持ってくるというのが作詞の基本です。

　それはサビにかぎらず、AメロでもBメロでも、さほど文法にとらわれる必要はありません。メロディで"ワーッ！"と盛り上がっているところが"行きました"の"ましたー！"じゃ悲しいですよね（笑）。それよりも"君とー！"のほうがいいのです（**図32-1**）。作詞の場合はむやみに言葉をひっくり返せばいいというわけではなく、メロディに合わせて言葉を入れ替える必要があるわけです。

　歌詞は、助詞の"てにをは"がなくても意味が伝わります。"私は今日、学校へ行ったの"ではなくて"学校へ行ったの、私"でも通じますよね（**図32-2**）。つまり、もっとも強調したいことをフォルテッシモのメロディにのせられるのなら、通常の順番どおりではなくてもいいということです。"学校へ行った"ことをもっとも高揚しているメロディにのせたいのか、"私は"をのせたいのかで、言葉の順番はおのずと変わってきます。また順番を入れ替えて短くすれば、フレーズにスピード感を出すこともできます。

**図32-1　メロディが高揚しているところに
　　　　　高揚している言葉を持ってくるのが作詞の基本**

| い | き | ー | ま | し | た | ー | × |
| きょ | う | ー | き | み | と | ー | 〇 |

図32-2　"てにをは"がなくても詞の意味は通じる

●単純な倒置法

　私は今日、学校へ行ったの

　　↓

　学校へ行ったの、私　　※助詞がなくても意味は通じる

●長い文章も省略すれば……

　こんな真夜中に電話をかけてくるのは誰

　　↓

　誰、真夜中の電話　　※字数を無駄に使うこともなく
　　　　　　　　　　　　フレーズにスピード感が出る

第4章　リアルな表現が可能になる！

QUESTION 33 携帯電話など時代性の出る小物を使う際の注意点は？

ANSWER 長い間聴かれたい曲を作るのであれば、できるだけ最新のアイテムを使うのは避けましょう。

呼び名が変化するもの／しないものの見極めを

　僕が作詞家を始めた頃は、まだファックスは普及していませんでした。持っている人がいたとしてもレンタルだった時代です。手書きで書いた詞、もしくは手書きでないにしても、その頃はワープロが主流だったので、そうして打った詞をレコード会社にわざわざ見せに持って行っていました。それがほんの20、30年前の話です。

　特に家電については、今後どうなるかわかりません。電話がいい例です。昔は各家庭の玄関や居間に1台置いてあるくらいのものでした。ですから、彼（彼女）と電話をするにはお父さんやお母さんの目を盗まなければならなかったのです。外からかけるにしても公衆電話から小銭を握ってかけていたという時代が、それほど昔ではありません。"ダイヤルを「回す」"というフレーズは、今では死語になってしまいました。公衆電話、ポケベル、そして今や携帯からスマホへ。スマホという単語自体、10年後には恥ずかしいフレーズになっているかもしれません（**図33-1**）。音楽を聴く媒体も、レコード、カセット、MD、CD、データと時代とともに激しく移り変わっています。10年後にその詞を読んで、自分で恥ずかしいと思わないレベルであれば使ってもいいでしょう。

　かと思えば、なかにはその商品ができてから、長い間、形状の変わっていないものもあります。傘とかワイパーですね。素材はともかく形態や形状については変わっていません。TVや冷蔵庫、洗濯機、カメラなども外見こそ変われど、あまり呼び名は変わっていませんよね。気をつけたいのがファッションです。服の呼び方は時代によって結構変わっているので、このあたりはこまめにチェックしておくといいと思います（**図33-2**）。

図33-1　電話や音楽を聴く媒体は激しい勢いで移り変わっていく

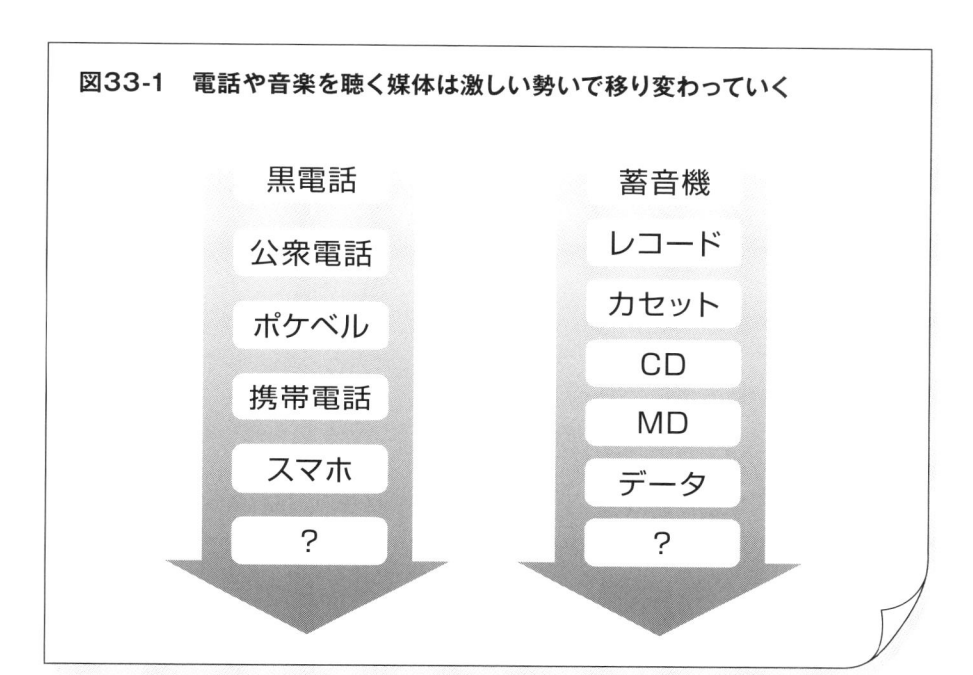

黒電話
公衆電話
ポケベル
携帯電話
スマホ
?

蓄音機
レコード
カセット
CD
MD
データ
?

図33-2　服装の呼び名

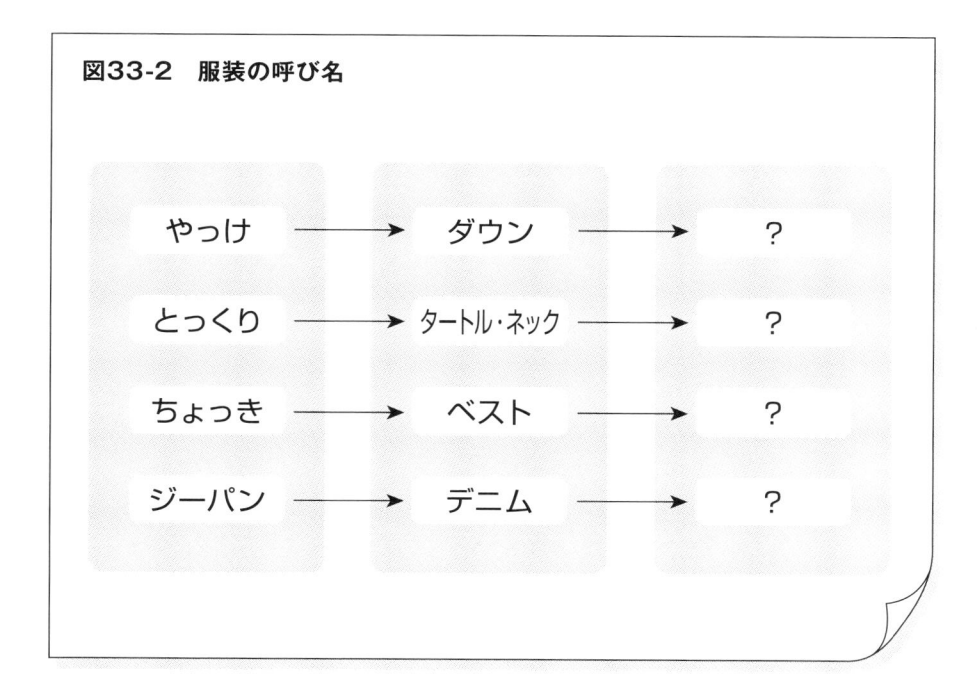

やっけ →	ダウン →	?
とっくり →	タートル・ネック →	?
ちょっき →	ベスト →	?
ジーパン →	デニム →	?

第4章　リアルな表現が可能になる！

QUESTION 34

文字にしたときの表記も意識するべきですか？

ANSWER 基本的に作詞において表記は関係ありません。

歌詞はリスナーの耳にはすべて"ひらがな"

　結論から言ってしまうとNOです。歌詞とは読むものではなく聴くものです。文字を漢字で書こうがカタカナで書こうが関係ありません。すべてはリスナーの耳に"ひらがな"で入ってくる話し言葉だと思ってください。

　いくつかアマチュアの方が使っているもので気をつけたい表記があります。ひとつは『　』。これは詞では意味がないどころか、文字の並びによってはまったく意味が変わってしまうおそれがあります（**図34-1**）。ですから、『　』がなくても意味が変わらないような表現にしなければなりません。同じように"？"も、歌ってしまうと単純な言い切りになってしまいます（**図34-2**）。話し言葉では語尾を上げれば疑問文に聞こえますが、音楽の場合はメロディとの兼ね合いがあるので、なかなか難しいのです。"あいしてるかい"とか"あいしてますか"など、"？"を使わなくても疑問文になるような工夫が必要になります。

　さらに"さよなら"を"サヨナラ"とカタカナにしたところで音になってしまえば同じです。"町"にしても"街""都会（まち）"などいろいろと表記はありますが、そうした表記に凝るよりも"アスファルトのまち"とか"君とくらしたまち"など、前後のフレーズで工夫するのが作詞というものです。同音異義語的なものにも注意が必要です。P.74で述べた"ひかりトカゲ"もそうですが、たとえば"あの丘まで"というフレーズは、歌うと"あのオカマで"と聞こえてしまう場合もあるわけです。"あの作詞家、字面はいいんだけど、歌うとイマイチなんだよね"なんてディレクターにぼやかれないように、ひらがなでも意味がきちんとリスナーに伝わるような作詞を心がけましょう。

図34-1 『 』があると意味が正しく伝わらないことがある

作詞家　『愛してる』君に伝えたい

　　　⬇ 歌うとひらがなでこう聞こえる

聴覚上　あいしてるきみにつたえたい

　　　⬇ リスナーには下記のように聞こえてしまい、意味が変わってしまう

リスナー　"愛してる君"に伝えたい

〇　愛してるって君に伝えたい

作詞では"って"が文章表記の『 』の役割を果たす

図34-2 "?"は詞では意味がない

作詞家　愛してる？　愛してるの？

　　　⬇ 歌うとひらがなでこう聞こえる

聴覚上　あいしてる　あいしてるの

　　　⬇ リスナーには下記のように単純な言い切りに聞こえる

リスナー　愛してる　愛してるの

〇　愛してるかい　愛してますか

確実に疑問文に聞こえる工夫が必要

第4章　リアルな表現が可能になる！

QUESTION 35

やはりボキャブラリーは多いほうがいいですか？

ANSWER 動詞のボキャブラリーは辞書に線を引いてでも増やしておいたほうがいいと思います。

動詞を使うと映像的な歌詞になる！

　ボキャブラリーを増やすというと、みなさんは名詞を増やすことだと思いがちですが、作詞において増やしてほしいボキャブラリーは動詞です。歌詞は名詞ではなく、動詞で作るものだと思ってもらって結構です。たとえばユーミンの「クロームの太陽」に"終わることない日常がたちこめて"というフレーズがあります。この"たちこめる"という動詞は、普通"霧がたちこめる""暗雲たちこめる"のように使いますが、"日常"と組み合わせてみると、何とも言えぬモヤ〜ッとした毎日のイメージが生まれているのがわかると思います。もし、これを動詞ではなく名詞の"霧"で表わすと"霧のなかの日常が"というようなフレーズになりますが、僕には動詞で表わした"日常がたちこめる"のほうが、より映像的に感じられます。

　雲が渦巻く、雲が流れる、雲がほどける、雲がたなびくなど、同じ雲でも"鈍色（にびいろ）の雲が"なんてやるよりも、動詞を用いたほうがより映像的で高度なフレーズになります。"鈍色の雲が"だと、むしろ絵画的です（**図35-1**）。もちろん詞を絵画的に書く手法もありますが、動詞で書いたほうが、生き生きとした仕上がりになります。"どうだ、こんな単語、お前ら知らないだろう"というような単語の使い方は、独りよがりになってしまうのでやめましょう。とにかく、動詞のボキャブラリーは辞書に線を引いてでも増やしておいたほうがいいと思います。

　ただ、ここで言っているのは、"花が笑う""空が歌う""風が叫ぶ"などのように擬人化した表現のことではありません。もちろんこのような比喩的な使い方もありますが、通常組み合わせないような動詞と名詞の不思議な組み合わせをいろいろと見つけてほしいと思います（**図35-2**）。

「クロームの太陽」　作詞・作曲：松任谷由実　© 1995 by KIRARA MUSIC PUBLISHER

図35-1　動詞を使うとフレーズが映像的になる

日常がたちこめる　　　　霧のなかの日常が

雲がほどける　　　　　　鈍色の雲が

⬇　　　　　　　　　　　⬇

動詞を用いると　　　　　形容詞や名詞を用いると
映像的な表現になる　　　絵画的な表現になる

図35-2　通常組み合わせない名詞と動詞の組み合わせの例

朝陽がすべりだす　　　　湧きたつ夏

夜が降りてくる　　　　　またたく冬

QUESTION 36

CMやタイアップの詞はどう書いているのですか？

ANSWER
クライアントの要望に沿いながら、
いい意味で期待を裏切る作品に仕上げることを心がけています。

著者による長寿CMソング制作秘話

　最後のクエスチョンなので、強引に僕の作品を取り上げたいと思います（笑）。「ウイスキーが、お好きでしょ」を作詞したときの過程を制作秘話も交えながら紹介しましょう。発注の内容は３点。サントリーのウイスキーのCMであること、石川さゆりが"SAYURI"という名でジャズ・アルバムを作り、そこに収録されること、フル・バンドのオールド・ジャズな曲、あとはおまかせというお話でした。発注があったのは1990年なので、まさかこんなに長く使われるとは、僕も作曲者の杉真理君も想像しませんでした。あの石川さゆりがフル・バンドのオールド・ジャズを歌ったらどうなるかというテーマに冒険心を刺激されながら、とても楽しんで作ることができました。CMソングには必ず商品名を入れるものと、イメージ・ソング的なものの２種類がありますが、当時はこうしたイメージ・ソングが主流でした。締め切りは作曲に１週間、その後作詞に１週間、アレンジまでに２週間で詞曲を完成させるということでしたが、たしか杉君の曲の上がりが３〜４日遅れたので、僕の制作期間が半分になってしまった記憶があります。しわ寄せはたいてい作詞家に来るといっても過言ではありません（笑）。

　この曲はサビ〜Aメロ〜サビというとてもシンプルなCMサイズになっています。サビの感情は徹底的に"しょ"で韻を踏んで作りました。そのサビの感情のきっかけとなった出来事をAメロで書いています。……ちゃんとこの本の内容を実践していますね……よかった（笑）。CMはクライアントの要望どおりに作るのが無難ですが、先方が想像する以上のものを作るように心がけています。いい意味で期待を裏切ると言いますか。それが吉と出るか凶と出るかはわかりませんが、何かプラスアルファがあると喜んでいただけますね。

「ウイスキーが、お好きでしょ」

作詞：田口 俊　作曲：杉 真理
© 1990 by HORIPRO INC. & ON ASSOCIATES MUSIC PUBLISHER INC.

ウイスキーが　お好きでしょ
もう少し　しゃべりましょ　　　　サビ
ありふれた　話でしょ
それで　いいの　今は

気まぐれな　星占 (うらな) いが
ふたりを　めぐり逢わせ　　　　Aメロ
消えた恋　とじこめた
瓶をあけさせたの

ウイスキーが　お好きでしょ
この店が似合うでしょ　　　　サビ
あなたは　忘れたでしょ
愛し合った事も

ウイスキーが　お好きでしょ
もう少し　しゃべりましょ　　　　サビ
ありふれた　話でしょ
それで　いいの　今は

COLUMN 4

センスは自分で磨くもの
〜とにかくたくさんの作品に出会おう〜

　詞を書くというのはとても情緒的な作業だと、みなさんは思っているかもしれませんが、僕は、特に初心者の方にはパズル的に作る手法をおすすめしています。こんな詞の作り方でいいの?と思うかもしれません。たしかに、どこにどんなフレーズをのせるかはとても情緒的な作業ですが、それをどのような構成で組み立てるのかというのはとても論理的な作業なのです。音楽に感性の部分と理論の部分があるとすれば、本書ではその理論の部分を紹介しているつもりです。ですから、みなさんも本書でそうした構成力をみっちりとマスターしてから作詞に取りかかってください。

　いいフレーズの作り方などというのは誰にも教えられません。センスまでは教えられないんです。では、どうやってセンスを磨けばいいのか？　それはとにかくいい作品に出会うことです。僕自身も、特に高校時代以降、年に何百枚もの作品を聴いてきて、それが現在、自分のなかの図書館になっているという自負があります。たとえば幼稚園に通う子供にドラえもんの歌とマイルス・デイヴィスの曲を聴かせれば、子供たちはドラえもんの歌のほうがいいと言うでしょう。しかしそれはマイルスが劣っているのではなく、ドラえもんがいいと判断する子供の音楽的なレベルが低いわけです。でも、その子が大きくなって、さまざまな音楽を聴いて、いずれジャズも聴くようになったとき、ドラえもんもいい曲だけどマイルスもいい曲だと思えるようになるわけです。それが、センスが磨かれるということです。

　もしかしたら、"それは音楽のセンスであって、言葉のセンスとは別ではないですか？"と反論する人がいるかもしれません。しかし、こういう楽曲、こういうアレンジ、こういうメロディにどんな言葉をのせるか、ということが作詞のすべてであり、その楽曲を分析してどんな言葉を選ぶかの判断基準は、音楽的センス以外の何物でもないのです。

第5章

優れた作品に学ぼう！

ロック、ポップスから演歌、テクノ・ポップ、さらには洋楽まで、
幅広いジャンルのなかから
（曲はもちろん）歌詞が素晴らしい作品をセレクトしました。
本書で学んだことのまとめとして、
それぞれの作品の優れているポイントを解説します。

SELECTION. 1
「Summer Days」
斉藤和義

作詞・作曲：斉藤和義

© 2009 by Speedstar Music, Inc. & Road And Sky Music Publishing

『月が昇れば』
スピードスター
VICL-63401

巧みな構成！　リアルな表現！

　この詞は小中学生くらいの子供のじゃんけんシーンから始まります。2番のじゃんけんは高校生くらいのじゃんけん、そして3番は大人になってからのじゃんけんという、世代別のじゃんけんが描かれています。P.102のAメロの作り方でも触れましたが、じゃんけんのアップのシーンからカメラを引くと、1番では子供が遊んでいるシーン、2番ではバンドをやり始めたときのシーンというふうに、アップから引いたときにそれぞれの世代の映像が見えるという手法が使われています。

　サビはシンプルに"忘れやしない"。これがこの詞の感情の部分です。この詞の優れているところは、ありふれた単語と特殊な固有名詞をうまく組み合わせているところですね。その組み合わせが絶妙です。それとこれは個人的なことですが、2番の"負けたらおまえがベース"というフレーズはまさに僕のことなんです。僕は高校生のときにじゃんけんで負けて以来、ずっとベースを弾いていますが、楽器をやっている人は多かれ少なかれ、これと似たような経験をしていると思います。そういう人たちはこの2番でガツン！とやられてしまうわけです。

　"暑かったあの日の「匂い」"、"熱かったあの日の「想い」"といった韻の踏み方、"あの日の匂い"という五感に響く季節の表現。"何年会わなくなれば他人になるのともだち"という行も実に鋭いですね。ユーミンと斉藤和義は特にそうなんですが、平易でストレートな表現を用いながらも、フレーズがまったく陳腐になっていないところが素晴らしい。作詞モードにもなっていないし、きれいごとも書いていない。詞の構成も巧みですし、リアルな表現は本当に見事だなと思います。

ジャンケンポンあいこでしょ　泥んこまみれのともだち
ファンタグレープはじけた　まぶしい　青い太陽
放課後いつもの歩道橋　まぶしいあの子はポニーテール
すれ違ったその時に　少し微笑んだような　空に入道雲

今だって忘れやしない　暑かったあの日の匂い
ずっとずっと　消えたりしない　ボクの胸の日焼け跡
Oh Summer Days Oh Summer Day
It's Summer Days It's Summer Day
蝉の声　Oh Summer Day

ジャンケンポンあいこでしょ　負けたらおまえがベース
サージェントペッパーのポスター　笑うジョンとポール
放課後いつものアジト　床には破れたプレイボーイ
調子っぱずれのギターで　鳴らせ　爆音　ロックンロール
歌え　叫べ　ロックンロール
キミに届いてくれ！

今だって忘れやしない　熱かったあの日の想い
ずっとずっと　消えたりしない　ボクの胸の日焼け跡
Oh Summer Days Oh Summer Day
It's Summer Days It's Summer Day
夕立ち　Oh Summer Day

何年会わなくなれば　他人になるともだち
ファンタグレープはじけた　まぶしい　青い太陽
鳴らせ　爆音　ロックンロール　キミに届け！

今だって忘れやしない　泣かせたあの日の匂い
ずっとずっと　消えたりしない　キミの胸の傷の跡
Oh Summer Days Oh Summer Day
It's Summer Days It's Summer Day
忘れない　Oh Summer Day

ジャンケンポンあいこでしょ　今ではみんな後出し
サージェントペッパーのポスター　笑うジョン　ポール　ジョージ　リンゴ
ミック　ディラン…
遊ぼう　遊ぼう　Oh Summer Day
遊ぼう　Oh Summer Day
遊ぼう
あそぼう

Selection. 2
「スローバラード」
RCサクセション

作詞・作曲：忌野清志郎、みかん

© 1976 Baby's Songs

『シングル・マン』
ユニバーサル
UPCY-6505

ほとんどが客観的事実で埋め尽くされている

　歌い方やファッション、メイク、"愛し合ってるか〜い"というようなフレーズが強烈に印象に残っているので、忌野清志郎はとても感情的なアーティストだと思われがちですが、彼の詞を読んでみると、ほとんどが客観的に書かれているのがわかると思います。その最たる例がこの「スローバラード」です。この曲のなかで主観的なフレーズは"悪い予感のかけらもないさ"という1行だけで、それ以外はすべて客観的な情景描写や、心情を交えないフレーズで描かれています。

　メロディがもっとも盛り上がるところに、その唯一の主観的なフレーズ"悪い予感のかけらもないさ"を持ってきて、ほかは客観的な描写であることがわかるでしょうか？　市営グランドの駐車場だったり、カーラジオからスローバラードが流れているとか、夜霧が窓を包んでいるとか。サビにあたる"あの娘のねごと聞いたよ"ですら客観的なフレーズです。その寝言がかわいかったとか、悲しかったとか、そういう主観的なことは一切言っていません。

　清志郎の詞は、その情緒的な言動や見た目とは裏腹に、詞はとても冷静で客観的です。それをあの歌い方で歌われるので、情緒的に響いてくるんです。作詞というのは、どうしても自分の心情や主観的なことばかりを書いてしまいがちですが、このように客観的な事柄だけを並べても、メロディやアレンジが起伏をつけてくれるので、わざわざ主観的に書かなくてもいいんです。主観的なフレーズがずっと続くと、聴いている側はお腹一杯になってしまいます。クライマックスに主観的なフレーズをポッと1行のせるほうがグッとくるものです。

昨日はクルマの中で寝た
あの娘と手をつないで
市営グランドの駐車場
二人で毛布にくるまって

カーラジオから　スローバラード
夜露が窓をつつんで
悪い予感のかけらもないさ
あの娘のねごと聞いたよ
ほんとさ　確かに聞いたんだ

カーラジオから　スローバラード
夜露が窓をつつんで
悪い予感のかけらもないさ
ぼくら夢を見たのさ
とってもよく似た夢を

SELECTION. 3
「NIGHT WALKER」
松任谷由実

作詞・作曲:松任谷由実

© 1983 by KIRARA MUSIC PUBLISHER

[REINCARNATION]
EMIミュージック・ジャパン
TOCT-10647

女性ならではの心情をとらえた珠玉のフレーズ

　P.52でも触れた作品ですが、"あなたの友達に街で会えば、私はどんな顔すればいいでしょう"と"私のことを傷つけてつらいとひとに云わないで"という行が珠玉です。ユーミンしか考えつかないフレーズですね。男はバカだから、"オレのことずっと忘れられないんだろう"なんて思ってるわけです。でも、彼女が悲しいのは別れたからじゃなくて、別れたあともいい人ぶって"アイツのこと傷つけちゃったんだよね"なんて別れた彼が言っているそのことが悲しいんですよ。まさに男にはわからない女性ならではの心情をとらえた名フレーズです。どのように悲しいのかというHowの描き方がユーミンは素晴らしいです。あとは終電間際の街の風景描写。ガラガラと閉まるシャッターの音とか、それで心がせかされる感じをうまく描いています。これらも五感を使った巧みな表現ですね。"イルミネーション"ではなく"ネオン"、"歩道"ではなく"ペイヴメント"。昭和歌謡をリスペクトするかのような"名詞"使いも渋い。

　彼女の曲は、サビがC＋C'で、どちらかを主観に当てたら一方は客観に当てることが多いです。この曲のサビでも主観と客観をうまくキャッチボールさせています。"ベルベット・イースター"のような独特な単語使いが注目されがちですが、ユーミンの詞からは、ぜひこうしたブロックごとの書き分けこそ学んでほしいものです。

　詞の内容はどれもが映像的です。こうした詞があがってきたらステージのスタッフも照明をつけやすいと思います。優れた詞はステージングのことまで考えられているものです。エンディングの"蒼い蒼い"というくり返しのところなんて、まるでスタッフロールまでが見えてきそうです。

第5章 優れた作品に学ぼう！

あなたの友達に街で会えば
私はどんな顔すればいいでしょう

今も苦しい気持　さとられぬように
ネオンに照らされ　踊ってみせるだけ

ペイヴメントは夜更けの通り雨
みんな急ぎ足
孤独のドアを叩き合いはしない

私のことを傷つけてつらいと
ひとに云わないで
すぐにすぐに忘れてしまうのに

次々消えてゆく店の灯り
心をかりたてる　シャッターの音

あの頃のあなたへハネをあげながら
走ってゆきたい　どんなに遠くても

私を置いてゆくのならせめて
みんな持ち去って
あなたが運んでくれた全てを

私のことを傷つけてつらいと
ひとに云わないで
すぐにすぐに忘れてしまうのに

私を置いてゆくのならせめて
みんな持ち去って
あなたが運んでくれた全てを

ペイヴメントは夜更けの通り雨
人もネオンも
蒼い蒼い河を流れてゆく

Selection. 4
「赤ちょうちん」
かぐや姫

作詞：喜多条 忠　　作曲：南こうせつ

© 1973 by CROWN MUSIC, INC. FUJIPACIFIC MUSIC INC. & YUI SONGS, INC

『三階建の詩』
日本クラウン
CRCP-20396

当時の世相を反映した作品

　この詞を読むにあたり、まず時代背景を知っておいたほうがいいと思います。1974年のリリース当時、大学生や若者たちは学生運動の敗北で喪失感にさいなまれていたということ。また当時のキーワードは"四畳半""貧乏"、そしてもうひとつが"同棲"です。

　この詞はとても個人的に取り上げました。当時の僕はまだ高校生で、大学生のお兄さん、お姉さんがこういう生活をしていたのを見聞きするたびにカッコいいなと憧れていました。衝撃的だったのが"キャベツばかりをかじってた"というフレーズ（笑）。こんなフレーズを詞にしていいんだ！って子供ながらにビックリしました。僕は中学生の頃からサイモン＆ガーファンクルのファンでしたが、バス・ドラムの入り方とか、途中にちらっと出てくるハーモニカのアレンジなどが、サイモン＆ガーファンクルの「ボクサー」に似ていたり、情景描写を淡々と並べていく感じがポール・サイモン的だったことも、この詞に興味を持った理由です。

　喜多条さんのこうしたタッチの詞はすごく好きです。のちに喜多条さんは独自の喜多条忠ワールドを築いていきますが、これは売れた作詞家のさだめと言いますか、その腕を見込まれて、次々と大物昭和アイドルの詞を書いていくようになります。そうして書かれた詞は、それまでシンガー・ソングライターに提供していたものとは随分違うなと感じていましたが、同じくシンガー・ソングライターと組んで作詞をしていた僕自身も1990年代にアイドルの詞を書くようになって、初めてこのふたつの路線の違いを実感した次第です。作詞家はいろんな詞を書かなければいけないということですね（笑）。

第5章 優れた作品に学ぼう！

あのころふたりの　アパートは
裸電球　まぶしくて
貨物列車が　通ると揺れた
ふたりに似合いの　部屋でした
覚えてますか　寒い夜
赤ちょうちんに　誘われて
おでんを沢山　買いました
月に一度の　ぜいたくだけど
お酒もちょっぴり　飲んだわね

雨がつづくと　仕事もせずに
キャベツばかりを　かじってた
そんな生活が　おかしくて
あなたの横顔　見つめてた
あなたと別れた　雨の夜
公衆電話の　箱の中
ひざをかかえて　泣きました
生きてることは　ただそれだけで
哀しいことだと　知りました

今でも時々　雨の夜
赤ちょうちんも　濡れている
屋台にあなたが
いるような気がします
背中丸めて　サンダルはいて
ひとりで　いるような気がします

SELECTION. 5
「津軽平野」
吉 幾三

作詞・作曲：吉 幾三

© 1984 by DAIICHI MUSIC PUBLISHER CO., LTD.

『全曲集』
徳間ジャパン
TKCA-72767

"人を待ちこがれる心"を見事に描写！

　この詞の優れているところはお父さんの帰りを待つお母さんの心情表現。さみしさを表現するとき、普通の人ならただ"さみしいよ"と書いてしまうところを、"淋しくなるけど慣れたや"と書くあたりなどですね。なんといっても素晴らしい行が３番の"かあちゃんやけによ、そわそわするネー"。もう本当に素晴らしいですね（笑）。この"そわそわする"という動詞を選んだこと、そして"やけに"がもうすべてです。行間を感じさせる動詞というか、これ以外の表現はないだろうという。

　演歌で欠かせないのがリアルな情景描写。ここにも"十三みなとは西風強くて"など、地元の人にしか絶対にわからないようなことが書いてあります。しかし、この詞はやはり"かあちゃん"の心情描写が泣けてきます。改めて演歌は心の表現が優れているなと思いますね。カラオケでも早くこの３番の"やけにそわそわする"が歌いたくなりますよね（笑）！

　それと２番ですが"吹雪の夜更け"のあと、ストリングスのオケがダダダと駆け上がり、"ふるな、ふるなよ"というもっとも強い心情表現が現われます。ここでなぜ、雪が降るなと言っているかというと、雪かきが大変になるからとか、そんなことではなく、春が遅くなるから（お父さんの帰りが遅くなるから）"雪降るな"なんです。こういうところもうまいですね。"かあちゃん"の思いがビンビン伝わってきます。ストーブ列車とかお岩木山といった津軽ならではの固有名詞や大道具、小道具の使い方も巧みです。"出稼ぎ"という演歌独特の詞の内容ですが、"人を待ちこがれる心"というジャンルを越えた普遍的なテーマが見事に描かれている、本当に素晴らしい大好きな詞です。

津軽平野に　雪降る頃はヨー
親父 (おどう) ひとりで　出稼ぎ仕度
春にゃかならず　親父 (おどう) は帰る
みやげいっぱい　ぶらさげてヨー
淋しくなるけど　馴れたや親父 (おどう)

十三みなとは　西風強くて
夢もしばれる　吹雪の夜更け
ふるな　ふるなよ　津軽の雪よ
春が今年も　遅くなるよ
ストーブ列車よ　逢いたや親父 (おどう)

山の雪どけ　花咲く頃はよ
かあちゃんやけによ　そわそわするネー
いつもじょんがら　大きな声で
親父 (おどう) うたって　汽車から降りる
お岩木山よ　見えたか親父 (おどう)

SELECTION. 6
「上を向いて歩こう」
坂本 九

作詞：永 六輔　作曲：中村八大

© 1962 EMI Music Publishing Japan Ltd.

「上を向いて歩こう」
EMIミュージック・ジャパン
TOCT-22310

"励まし"ではなく、一緒に泣いてくれる歌

　まず、お断りしておきたいのは、僕ごときがこの詞を評論するのは100年早いということ。そのうえでこの詞を取り上げた理由を述べたいと思います。1980年代の前半に登場したアーティストたちが"夢"や"元気"といったテーマのポジティブな詞を書き始めて、それが一世を風靡したことがありました。それはずっと続いていて、最近の詞を見てもそうですが、やたらと"元気を出せ"とか"夢をあきらめるな"という、いわゆる励ましソングというか、ひたすらポジティブ路線な詞が目立つんですね。そうした傾向に対するアンチテーゼとして、この詞を紹介したいと思います。

　第2章でも触れたとおり、元気ソングというのは励まし側（作家側）から書かれた詞が多いんですが、この「上を向いて歩こう」は泣いている側（リスナー側）の視点で書かれた詞であることが大きな違いです。笑い方がわからず、涙の止まらないリスナーの代弁をしているということですね。"上を向いて歩こう、涙がこぼれないように"と。"泣いてないで笑えよ"というふうに、決して励まし側から書かれていないんです。とかく"励まし"というのは大きなお世話になってしまうことがありますが、この曲はそうではなく、一緒に泣いてくれる歌というか。とにかくそこが素晴らしい詞だと思います。

　世のなかにはポジティブな詞もあればネガティブな詞もありますが、なんといっても大切なのはリスナーの気持ちになって詞を書くことです。リスナーの代弁ができるかどうかということが重要なんですね。この曲はアレンジもメロディも素晴らしいですが、この詞からはそうした作詞をするうえでの根本も学んでいただけたらと思います。

上を向いて歩こう
涙がこぼれないように
思い出す　春の日　一人ぼっちの夜

上を向いて歩こう
にじんだ星をかぞえて
思い出す　夏の日　一人ぼっちの夜

幸せは　雲の上に
幸せは　空の上に

上を向いて歩こう
涙がこぼれないように
泣きながら　歩く　一人ぼっちの夜
思い出す　秋の日　一人ぼっちの夜

悲しみは星のかげに
悲しみは月のかげに

上を向いて歩こう
涙がこぼれないように
泣きながら　歩く　一人ぼっちの夜
一人ぼっちの夜

SELECTION. 7
「つけまつける」
きゃりーぱみゅぱみゅ

作詞・作曲：中田ヤスタカ

© 2011 by Warner Music Japan Inc.

「つけまつける」
ワーナーミュージック・ジャパン
WPCL-11019

押さえるところを押さえつつセオリーを破る

　最近、話題の中田ヤスタカの詞です。彼が手がけるPerfumeもそうですが、彼の詞は単語自体に音符の長さが感じられるとても面白い詞というか、DTM音楽にピッタリと合った詞ののせ方という気がします。詞はどれもキャッチ・コピーっぽくて歌いやすく、フレーズ選びも洗練されています。

　自分の生徒には"最初に口をついて出てくる言葉をそのまま書け"といつも言っていますが、"いーないーな、それいいなー"なんていうのも、そんな言葉だと思います。"つけま"と"とぅCAME UP"の言葉遊びがあったかと思うと、"同じ空がどう見えるかは、心の角度次第だから"というような押さえどころはきっちりと押さえているのもポイントです（笑）。おそらく中田ヤスタカは女の子に取材をしたり、きゃりーぱみゅぱみゅとディスカッションしたりして、この"つけま（つげ）"というアイテムを選び出したと思うんです。男だけで考えたらこの"つけま"は出てこないでしょう。歌う本人、聴くターゲットに取材をして導いたアイテムということですね。

　字数表の1音符に当たる部分に2文字を詰め込んだり、ポリリズムというか4拍子のなかに奇数拍の単語を入れこんだりとか、言葉遊び／リズム遊びにも長けていますね。たとえば"ぱっちりぱちぱ"も"ぱちぱち"まで行かずに"ぱちぱ"で止めていたりして、まるで呪文のようです。息継ぎで言葉を切るセオリーを、あえて無視しているところもユニークです。"いーないーな"とか"かわいいの"とか、心情や感情表現がポッとわざとらしくなく入っているのもいいです。そうした要素がこうしたテクノっぽい打ち込み音楽にピッタリとハマっているし、ああ、これは若い子が歌いたくなるだろうなって思います。

第5章 優れた作品に学ぼう！

つけまつけま　つけまつける
ぱちぱち　つけまつけて
とぅCAME UP　とぅCAME UP　つけまつける
かわいいの　つけまつける

いーないーな　それいいなー
ぱっちりぱっちり　それいいな
いーないーな　それいいなー
気分も上を向く
ちゅるちゅるちゅるちゅるちゅ
付けるタイプの魔法だよ
自信を身につけて見える世界も変わるかな

同じ空がどう見えるかは
心の角度次第だから

つけまつけまつけまつける
ぱちぱちつけまつけて
とぅCAME UPとぅCAME UPつけまつける
かわいいのつけまつける

さみしい顔をした小さなおとこのこ
変身ベルトを身に着けて笑顔に変わるかな
おんなのこにもある　付けるタイプの魔法だよ
自信を身に着けて　見える世界も変わるかな

同じ空がどう見えるかは
心の角度次第だから

つけまつけま　つけまつける
ぱちぱち　つけまつけて
とぅCAME UPとぅCAME UPつけまつける
ぱちぱち　つけまつけるの
ぱっちりぱちぱ　おめめのガール
ぱちぱち　つけまつけて
つけまつけま　つけまつける
かわいいの　つけまつける

つけまつけま　つけまつける
ぱちぱち　つけまつけて
とぅCAME UPとぅCAME UPつけまつける
ぱちぱち　つけまつけるの
ぱっちりぱちぱ　おめめのガール
ぱちぱち　つけまつけて
つけまつけま　つけまつける
かわいいの　つけまつける

SELECTION. 8
「Stolen Car (Take Me Dancing)」
スティング

作詞・作曲：スティング

Words & Music by Sting
© Steerpike (Overseas) Ltd.
The rights for Japan licensed to EMI Music Publishing Japan Ltd.

『セイクレッド・ラブ＋2』
ユニバーサル
UICY-91247

徹底的な書き分けによる映画のような作品

　この詞で特筆すべき点は、ブロックごとに徹底した書き分けがなされているところです。Aと大サビは車を盗む主人公、A'は（主人公の想像する）車のオーナー、サビは（主人公の想像する）オーナーの愛人という設定でフレーズが組み立てられています。ブロックごとに主語が変わっているのがわかるでしょうか。登場人物がドラマのようにそこで入れ替わっているんです。ブロックごとに書き方を変えてごらんと、本書では何度も書いてきましたが、この詞はその極端な例ですね。スティングの詞にはわりと面白いものが多いですが、特にこの詞はユニークな構成になっています。

　各ブロックの書き方を細かく見てみると、AとA'では"ジャケットのなかにワイヤー"とか"オレは会社の重役"とか、客観的な事実や情景だけを淡々と描いています。一転してサビでは愛人の"踊りに連れてって、あたし今夜ずっとひとりだったの"という主観的な心情だけ。Aでは暗闇のなかで車泥棒をはたらく主人公を描き、A'ではお金持ちのきらびやかな生活、サビでは愛人の心情、とこんなに見事にシーンを書き分けているのはすごいですね。

　なかでも車のイグニッションをショートさせて、エンジンをかける最初のシーンは本当に映像的で、自分の詞でもいつか使ってみたいなと思わせてくれるフレーズです。そして大サビでヒューッと車が闇のなかに消え去っていく最後のくだりはまるで映画のワン・シーンのようで、スタッフロールが流れてきそうな感じですね。そこには愛人のささやきだけがむなしく響いているという……。本当にひとつの映画を見ているような気分にさせられる作品です。

第5章 優れた作品に学ぼう！

夏の熱波漂う深夜　高級車　ひと気のない通り
ジャケットのなかにはワイヤー　これがオレの生業
ほんの一瞬で片づく　落ち着いていこう
スターのようにカッコよく　イグニッションをショートさせてみせよう
オレは金持ちの車に乗り込む　ただの貧しい青年
さあエンジンに囁きかけ　ライトをさっとつけ
闇夜へとくり出そう

ああレザーの匂いにいつも想像力を掻き立てられ
違った場面のなかにいる自分を思い描く
オレは会社の重役　子供ふたりと妻がいる
しかしどうやらそれだけではない　この男の人生
少々込み入った事情が　自分はひとりだと彼女に伝えては
愛人と夜を過ごす　彼女のコロンの微かな香りが残る
そして耳元で囁かれる　情婦の言葉が
頭のなかで響き出す

ねぇ踊りに連れてって　あたし今夜ずっとひとりだったの
いつかきっとふたりでって　電話で約束してくれたじゃない
あたしはずっと晴れ舞台の影にいる　哀れな愛の奴隷
ねぇ踊りに連れてって　どうか今夜踊りに連れてって

彼の妻のことを想像する　愚かな女性とはほど遠く
私立学校へ子供たちを迎えに行く彼女
彼に言われたことを思い出す　遅くまでひとりで仕事していたと
でもコロンの残香に　疑いの余地はなく
はしゃぎ続ける子供たち　すると彼女は信号を突っ切り
闇夜へと吸い込まれる

ねぇ踊りに連れてって　あたし今夜ずっとひとりだったの
いつかきっとふたりでって　電話で約束してくれたじゃない
あたしはずっと晴れ舞台の影にいる　哀れな愛の奴隷
ねぇ踊りに連れてって　どうか今夜踊りに連れてって

というわけでオレは盗んだ車のなか　信号の前にいる
赤から青へと変わる　そしてオレは闇夜へと吸い込まれる

ねぇ踊りに連れてって　あたし今夜ずっとひとりだったの
いつかきっとふたりでって　電話で約束してくれたじゃない
あたしはずっと晴れ舞台の影にいる　哀れな愛の奴隷
ねぇ踊りに連れてって　どうか今夜踊りに連れてって

訳：永田由美子

SELECTION. 9
「Hotel California」
イーグルス

作詞・作曲：ドン・フェルダー、グレン・フライ、ドン・ヘンリー

Words & Music by Don Felder, Glenn Frey, Don Henley
© 1976 by FINGERS MUSIC
All rights reserved. Used by permission. Print rights for Japan administered by Yamaha Music Entertainment Holdings, Inc.
© Copyright by RED CLOUD MUSIC All Rights Reserved. International Copyright Secured.
Print rights for Japan controlled by Shinko Music Entertainment Co., Ltd.

『ホテル・カリフォルニア』
ワーナーミュージック・ジャパン
WPCR-75130

一度はこういう歌詞を書いてみたい！

　最後に、僕もそのなかのひとりですが、日本の作詞家が"死ぬまでに一度はこういう歌詞を書いてみたい"と口を揃えるイーグルスの名曲を紹介します。現代の日本では恋愛の歌やいわゆる"元気ソング"しか歌詞にしづらいということをP.56で述べましたが、この曲では、当時ベトナム戦争に破れたアメリカの敗北感や喪失感といったものが表現されています。

　まず、この詞はスティングの「Stolen Car (Take Me Dancing)」同様、Aメロ＝主人公、サビ＝ホテルの支配人と、ブロックごとに語り口の書き分けがされています。そして、この曲のポイントは全編ダブル・ミーニングになっているところで、特に"Spirit"という単語が象徴的に使われています。詞の字面どおりでは"酒"を意味する"Spirit"が、裏の意図とととしては"魂"という意味なのです。どういうことかと言うと、客に対して"ようこそ"と言っているホテル・カリフォルニアとはアメリカのことで、"アメリカには1969年以来、魂なんかありませんよ"と、先ほど述べた"喪失感"が表現されているわけです。そして、最後の"いつでもチェックアウトできるが、離れることは絶対にできないのさ"というフレーズ。ここもドラッグと酒に溺れた1970年代のアメリカの若者に対して"いつでもアメリカを離れることはできるが、ドラッグと酒を覚えたあなたは、その堕落から抜け出すことはできない"というメッセージになっているのです。

　こういった社会的なメッセージを直接的に出さずに、すべてダブル・ミーニングのなかに封じ込めているのがカッコいいですね。もちろん、ギター、コーラスなど、すべて非の打ち所がない曲にこの詞がついていることが、20世紀のロックのなかでも屈指の名曲とされている理由だと思います。

第5章 優れた作品に学ぼう！

暗い砂漠のハイウェイで　冷たい風を髪に受ける
コリタス(*)を燻した匂いが空中に立ち上る
前方遥か彼方に　微かな明かりが見える
頭が重くなり　視界が霞んでくる
今夜ここに泊まらなければと思う
その戸口に彼女は佇んでいた
教会の鐘が聞こえてきた
それでオレはぼんやり考えた
"ここは天国かそれとも地獄か"
すると彼女はろうそくに火を灯し　案内してくれた
廊下から声がしてきた　それはこう言っているようだった……

ようこそホテル・カリフォルニアへ
ここは本当に素晴らしいところ（本当に素晴らしいところ）
部屋はいくらでも空いている　ホテル・カリフォルニア
一年中いつでも　ここへどうぞ

彼女はティファニーに夢中で　メルセデス・ベンツを所有する
友達と呼んでいる　かわいいかわいい青年が大勢いて
みんな中庭で踊りに興じる　甘美な夏の汗
思い出刻むために踊る者　忘れるために踊る者
そこでオレはボーイ長を呼んだ　"ワインをいただけますか"
すると彼は言った　"その酒 (Spirit) は1969年以来置いておりません"
遠くのほうから聞こえてくるあの声に
また呼びかけられ　真夜中に起こされる
その声はこう言っていた……

ようこそホテル・カリフォルニアへ
ここは本当に素晴らしいところ（本当に素晴らしい面々）
ホテル・カリフォルニアで思いきり愉しんでいる
素敵なサプライズ　アリバイ持参でどうぞ

鏡張りの天井　冷えたピンク・シャンペーン
そこで彼女は言った　"自分を縛りつけている　わたしたちはここの囚人"
そして主人の部屋では　宴会のために集っては
冷酷なナイフでそれを刺そうとするが　野獣を殺すことはできず
気がついたらオレは　ドアに向かって走り出していた
元いた場所に戻る道を探さなければと思いながら
"落ち着け"と夜警が言った　オレたちは受け入れるしかないんだ
好きなときにいつでもチェックアウトできるが
離れることは絶対にできないのさ

*：マリファナの葉のこと
訳：永田由美子

COLUMN 5

自分の作品がリリースされたら
～印税（著作権料）の受け取り方～

　自分が作詞を担当した作品（注1）が世に出たら、印税（著作権料）を受け取るために必ずJASRAC（日本音楽著作権協会）の準会員に登録するようにしましょう。バンドやシンガー・ソングライターとしてデビューした人が、"印税が入ってこない" と嘆いているのを聞くことがあります。しかし、それは単にJASRACの会員になることを知らなかったり、レコード会社が直接印税を払ってくれると勘違いしている場合のどちらかなのです。レコード会社はCDを制作した際に、枚数に応じた著作権料を必ずJASRACに前払いします。そしてJASRACは、それを作家（作詞家／作曲家）に分配します。ですから、レコード会社が直接作家に印税を払うことなどありえません。

　印税の流れには2通りあります。簡単に説明しておきましょう。

　①JASRAC→音楽出版社→作家：これは作家がJASRACの会員でなくても印税が支払われます。

　②JASRAC→作家：この場合、作家がJASRACの会員として登録されていないと、JASRACは振込先がわからず、結果として作家が印税を受け取ることができなくなってしまいます。

　契約の仕方はケースバイケースなので一概に言えませんが、たとえば有形の印税（CDや本への掲載など）が①で支払われ、演奏権などの二次使用料（カラオケで歌われたときやライヴで演奏されたときなど）が②の流れの楽曲の場合、JASRACの会員でないと②の印税は受け取れません。また楽曲によっては音楽出版社が扱っていないケースもあり、その場合、会員でないかぎりまったく印税が受け取れなくなってしまいます。いずれにしても、会員になっておけば印税の取りこぼしはありません。最初に入会金がかかりますが、自分の知的財産を守るためには必要な手続きです。入会の方法など、詳しくはJASRACのサイトを見てください。

JASRAC（一般社団法人日本音楽著作権協会）
http://www.jasrac.or.jp/

注1：JASRACマークのついているCD作品にかぎります。自主制作盤などは該当しない場合があります。また、他の著作権管理団体に作品が預けられる場合は、その団体と契約する必要があります。

APPENDIX

巻末付録として、譜面の基礎知識、
音楽制作現場でよく聞かれる用語一覧、
そして見聞を広めるための洋楽アルバム選を掲載しておきます。
これらについてより深く、詳しく知りたい人は、
理論書、音楽辞典やガイドブックも参考にしましょう。

楽譜の基本的な読み方

作詞家といえども、楽譜や音符の基本的な知識は身につけておきたいものです。学校の授業でも習ったことがあると思いますが、改めて確認しておきましょう。よく使われる音楽記号についても簡単に説明します。

1. 音符・休符の長さ

音符の名称	記譜	4分音符を基準とした時の長さ	対応する休符の名称
全音符	𝅝	4拍	全休符
2分音符	𝅗𝅥	2拍	2分休符
4分音符	♩	1拍	4分休符
8分音符	♪	$\frac{1}{2}$拍	8分休符
16分音符	𝅘𝅥𝅯	$\frac{1}{4}$拍	16分休符
付点全音符	𝅝. = 𝅝 + 𝅗𝅥	6拍	付点全休符
付点2分音符	𝅗𝅥. = 𝅗𝅥 + ♩	3拍	付点2分休符
付点4分音符	♩. = ♩ + ♪	$1\frac{1}{2}$拍	付点4分休符
付点8分音符	♪. = ♪ + 𝅘𝅥𝅯	$\frac{3}{4}$拍	付点8分休符
付点16分音符	𝅘𝅥𝅯. = 𝅘𝅥𝅯 + 𝅘𝅥𝅰	$\frac{3}{8}$拍	付点16分休符

2. 譜面の進行に関する記号

記号	名称	説明
𝄆 𝄇	リピート・マーク	リピート・マーク=この記号の間の小節を繰り返す。3回以上の場合は回数が指定される。スコアの一番最初では左側が省略される場合もある。
1. 2.	1番カッコ、2番カッコ	1番カッコが出てきたら、左側リピート・マークのある位置へ戻り、2回目は1番カッコをとばしてそのまま2番カッコへ進む。
D.C.	ダ・カーポ	この記号が出てきたら、曲の一番最初へ戻る。
D.S.	ダル・セーニョ	この記号が出てきたら、セーニョ・マーク 𝄋 の位置へ戻る。
to ⊕	トゥ・コーダ	セーニョ・マークへ戻った後にこの記号が出てきたら to ⊕ から ⊕Coda へ飛ぶ。
⊕Coda	コーダ	トゥ・コーダ (to ⊕) から飛んでくるところ。
A B C	リハーサル・マーク	リハーサル中場所を指示しやすいように、曲の区切れ部分に付けるマーク。
Intro.	イントロ	イントロ部分を表わす。リハーサル・マークの一種。

3. 譜面の進行例

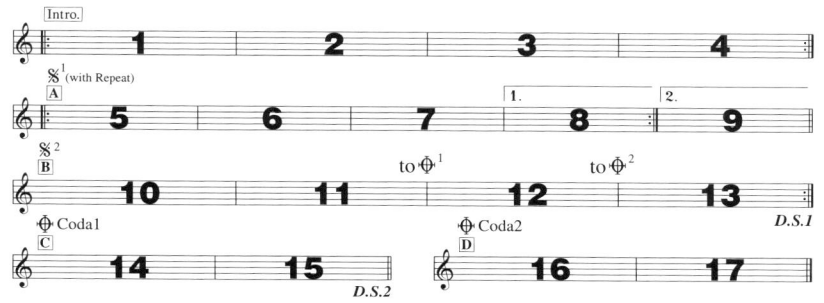

演奏順 1→2→3→4→1→2→3→4→5→6→7→8→5→6→7→9→10→11→12
→13→5→6→7→8→5→6→7→9→10→11→14→15→10→11→12→16→17

4. よく使われる音楽記号

記号	読み	意味
∕.		直前の1小節を繰り返す。
∕∕.		直前の2小節を繰り返す。
∕∕∕∕.		直前の4小節を繰り返す。
simile	シーミレ	前と同じことを続けるという意味。パーカッションなどによく使われる。
tacet	タセット	休みを意味する。例えば1×tacetは1回目は休みという指示。
only	オンリー	その回だけという意味。例えば2×onlyは2回目のみ演奏するという指示。
rit.	リタルダンド	だんだん速度を遅くしていく。遅くする度合いは曲や演奏者によってさまざま。曲の最後の部分に用いられることが多い。
a tempo	ア・テンポ	もとの速さに戻す。リタルダンドの後によく用いられる。
tempo free	テンポ・フリー	一定の速さ(テンポ)が決まってないという意味。
⌢	フェルマータ	音を伸ばす。伸ばし加減は演奏者にゆだねられる。
♪♪=♩♪ ♪♪=♩	バウンス記号(シャッフル記号)	曲の最初に、♪♪=♩♪ ♪♪=♩ が記されると、8分音符や16分音符を3連符、またはこれに近いノリで演奏する。ちなみに、俗にこのことをハネると言う。
ff	フォルテッシモ	非常に強く
f	フォルテ	強く
mf	メゾ・フォルテ	やや強く
mp	メゾ・ピアノ	やや弱く
p	ピアノ	弱く
pp	ピアニッシモ	非常に弱く
♩̇ ♩̇	アクセント	その音だけ強く
♩. ♩.	スタッカート	音を短く切る
♩̄ ♩̄	テヌート	音の長さを十分に保つ
<	クレッシェンド	しだいに強く
>	デクレッシェンド	しだいに弱く

覚えておきたい音楽用語集

作詞するうえで直接関係するものから、単に音楽制作の現場でよく使われるものまで、最低限知っていなければならない用語を集めてみました。音楽に携わる人にとっては常識的なものばかりなので、しっかり覚えておきましょう。

【アウフタクト】
曲の冒頭で、1小節目の前に挿入される音符のこと。弱拍。

【ア・カペラ】
楽器の伴奏なしで歌われること。あるいはヴォーカルのみのトラック。

【アドリブ】
即興で演奏すること。インプロヴィゼーションともいう。

【アンサンブル】
複数の楽器で演奏すること。合奏。

【イントロ】
曲が始まり、歌に入るまでの演奏部分。前奏。

【インスト】
歌を入れず楽器だけで演奏された曲。歌を抜いた(あるいは歌入れ前)のいわゆるカラオケ状態のものをそう呼ぶ場合もある。インストゥルメンタル(instrumental)の略語。

【Aメロ】
歌の出だしから最初に曲調が変わるまでのメロディ／パート。英語ではヴァース(verse)と呼ぶ。

【大サビ】
曲のなかばで他のサビと違うメロディ(Dメロ)がつけられた部分。大サビのない楽曲も多い。8小節のパターンが多いので英語ではミドル・エイト(middle eight)と呼ばれることもある。

【オブリガード】
メインのメロディに対して、合いの手のように入れられる短いメロディ。オブリと略されたり、オカズとも呼ばれる。助奏。

【キメ】
曲中、複数のパートで決まった演奏を合わせること。

【完パケ】
すべての作業が完了し、発表できる状態になること。

【サビ】
曲のもっとも盛り上がる部分。一般的に多いAメロ→Bメロ→サビで構成される曲の場合はCメロとも呼ばれるが、Aメロ→サビのみで構成される曲の場合は、Bメロ＝サビとなる。英語ではコーラス(chorus)と呼ばれる。

【シンコペーション】
拍のウラにアクセントをつけ、リズムに変化を加えること。譜面上では、ウラ拍と次の拍がタイで結ばれる。その状態を俗に"クウ"と呼ぶ。

【ツーハーフ】
曲の2番まで(ツー・コーラス)に、さらにサビや曲の一部、あるいは大サビなどが加えられた曲構成のこと。

【DTM】
デスクトップ・ミュージックの略。PCやそこに接続された電子楽器で音楽を制作する環境のこと。

【デモ】
デモンストレーション（demonstration）の略。音楽制作においては、仮の状態の録音物を指す。

【ドラム・セット】
一般的なドラム・セットは下記のとおり。使用頻度がもっとも高いスネア、重低音を支えるバス・ドラム、フィルなどで使用される各種タムといったドラム類に加え、細かなリズムを刻むハイハットやライド、派手なアクセントをつけるクラッシュといったシンバルで構成される。

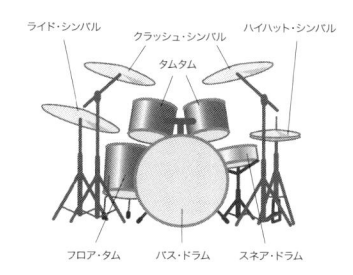

（図：ライド・シンバル、クラッシュ・シンバル、ハイハット・シンバル、タムタム、フロア・タム、バス・ドラム、スネア・ドラム）

【ドンシャリ】
低域（ドン）と高域（シャリ）を強調した音色のこと。ヘヴィなロックやクラブ系の音楽で好まれる傾向にある。

【Bメロ】
Aメロから曲調が変化した際に登場するふたつめのメロディ／パート。英語ではブリッジ（bridge）と呼ぶ。

【ピッチ】
音の高低。

【フィル】
フィルイン（fill in）のことでオカズとも呼ばれる。ドラムやパーカッションがAメロ、Bメロ、サビなどの前に叩く短いフレーズで、雰囲気を変えたり、盛り上げたりして、曲の接続的な役割を果たす。

【プリプロ】
プリプロダクション（Pre-production）の略。本番の録音に入る前に、叩き台として制作する録音物、あるいはその行為を指す。

【ブレイク】
曲中に演奏が止まり、無音になる部分。ドラムの演奏だけになる場合はドラム・ブレイクという。

【フル・コーラス】
曲の最初から最後までを指す。

【マスタリング】
ミキシング（次稿）された複数曲の音量や音圧などを調整する作業のこと。

【ミキシング】
録音された各楽器／歌のバランスや音色をまとめる作業のこと。ミックス（ダウン）、トラックダウン、TDとも呼ばれる。

【ユニゾン】
複数のパートが同じ音程やリズムで演奏すること。

【リフレイン】
演奏や言葉のくり返し。

【ワン・コーラス】
曲の冒頭から最初のサビが終わるまでのひとかたまり。歌の1番を指す場合もある。

押さえておくべき洋楽アルバム15選

本書でくり返し述べてきたとおり、音楽センスはたくさんの作品に出会うことで磨かれます。ここでは日本の音楽業界やアーティストに多大な影響を与えた名盤アルバムを年代順に15枚選んでみました。

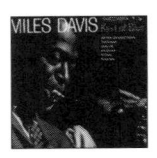

マイルス・デイヴィス『カインド・オブ・ブルー』
(1959年／ソニー)

モダン・ジャズ史上の最高傑作にして、モード奏法の完成形。そしてマイルスは、10年後の『ビッチェズ・ブリュー』で革命的に変貌します。

ザ・ビートルズ『アビー・ロード』
(1969年／EMIミュージック)

実質的にビートルズ最後の作品。彼らのオリジナル・アルバムはたったの12枚。音楽人なら当然全部持っておきましょう。

キャロル・キング『つづれおり (Tapestry)』
(1971年／ソニー)

日本の女性シンガー・ソングライターに多大な影響を与えました。世界中で2,200万枚を超えている驚異的なヒット作。

ザ・ローリング・ストーンズ『メイン・ストリートのならず者 (Exile On Main St.)』
(1972年／ユニバーサル)

伝説の存在でありながら、今も現役バリバリのロック・バンド。ビートルズとともに音楽の世界を変えた人たちです。

エリック・クラプトン『461オーシャン・ブールヴァード』
(1974年／ユニバーサル)

世界を代表するギタリストが70年代に残した傑作。日本の音楽業界に"レイドバック"を流行らせました。

ブルース・スプリングスティーン『明日なき暴走 (Born To Run)』
(1975年／ソニー)

彼の3枚目にして出世作となった作品。日本のシンガー・ソングライターや作詞家に多大な影響を与えました。

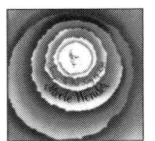

スティーヴィー・ワンダー『キー・オブ・ライフ』
(1976年／ユニバーサル)

チャート1位を独走～当時のグラミー賞で4部門を受賞したR&Bの最高峰。日本の男性シンガーなら誰でもカバーしたくなる曲が目白押しです。

イーグルス『ホテル・カリフォルニア』
(1976年／ワーナー)
第5章で取り上げたタイトル曲を収録した有名すぎる作品。全世界で2,100万枚以上を売り上げたという、アメリカン・ロック屈指の名盤ですね。

ビリー・ジョエル『ストレンジャー』
(1977年／ソニー)
日本のピアニスト／シンガー・ソングライターにとって神のような存在です。「素顔のままで（Just The Way You Are）」を収録した彼の出世作。

TOTO『宇宙の騎士（TOTO）』
(1978年／ソニー)
テクニカルなメンバーが披露した、洗練されたAORサウンド。日本のポップスのアレンジが、これ以降TOTOサウンド一色になりました。

サイモン&ガーファンクル『セントラルパーク・コンサート』
(1982年／ソニー)
再結成時のライヴ盤ですが、これはぜひ同名のDVDを買ってほしいと思います。僕にとってはもはや家宝です。

マイケル・ジャクソン『スリラー』
(1982年／ソニー)
全世界で1億枚ぐらい売れているそうです……1億って……。まさか、持ってない人はいないですよね？

U2『WAR』
(1983年／ユニバーサル)
今や彼らも息の長いバンドです。本作リリース以降の日本のバンド・アレンジは、U2サウンドに塗り替えられました。

シェリル・クロウ『チューズデイ・ナイト・ミュージック・クラブ』
(1993年／ユニバーサル)
米国の女性シンガー・ソングライター。こちらは全世界で700万枚のセールス。特に女性なら必ず聴いておいてほしい作品です。

アラニス・モリセット『ジャグド・リトル・ピル』
(1995年／ワーナー)
全米、全英でNo.1獲得、グラミー4部門も受賞したデビュー作。全世界で3000万枚以上を売り上げ、日本の女性アーティストに多大な影響を与えた作品です。

おわりに

　以前から作詞本の執筆依頼は何度かありましたが、ずっとお断りしてきました。理由はいくつかあります。まず僕の作詞法が既存の作詞本の教え方とは随分違うことです。たぶんこの作詞法は自分にしか通用しないのではないか、とずっと思っていました。さらに文章でそれを伝えるのは本を書くプロでない僕にとって至難の業のように思えたのです。そして、思い上がった言い方をすればこの作詞法は僕にとって30年かかって蓄積してきた"企業秘密"でもあったわけです。

　かつて現場で音楽を一緒に作らせていただいたレコード会社のディレクターのみなさんは、月日が流れいつのまにか取締役という重要なポストに就かれ、若い頃やんちゃをしていた友人のミュージシャンたちも楽器の生徒さんをたくさんかかえ、気がつけば僕も松任谷正隆氏の音楽学校で20数年クラスを持たせていただき、教えられる側から伝える側へと変わっていました。短い在学期間の間に生徒たちにどのように教えれば的確に伝わるのか、試行錯誤の末、自分なりの伝え方を見つけたこと、そしてなによりリットーミュージックの服部君の真摯で熱意のある依頼に、この本の執筆に挑戦してみました。

　冒頭でも書きましたが、この本が少しでもみなさんの創作に役立つとうれしいです。

　　　　　　　　　　　　　　　　　　　　　　　　田口　俊

著者プロフィール

田口 俊　Shun Taguchi

1955年生まれ。1980年にCBSソニーより、バンド"ローレライ"でデビュー。1982年より、バンド活動と並行して作詞を始め、これまでに約900曲の詞を制作。現在は作詞に加え、プロデュース業、プログレッシヴ・ロック・バンドYuka & Chronoship（フランスのMUSEAレコードから世界31ヵ国でCD発売中）での活動のほか、松任谷正隆主宰の音楽学校MICA MUSIC LABORATORYの作詞講師も務める。

受賞歴

1988年　FNS歌謡祭　最優秀作詞家賞
1988年　銀座音楽祭　最優秀作詞家賞
1989年　ゴールドディスク大賞　THE BEST 5 SINGLES OF THE YEAR

代表作

●作詞
クリスタル・ケイ「ONE」、中山美穂「50/50」、小泉今日子「夏のタイムマシーン」、南野陽子「吐息でネット」、CoCo「Live Version」、観月ありさ「エデンの都市」、石川さゆり「ウイスキーが、お好きでしょ」、ピンクサファイア「ハッピーの条件」、原田知世「どうしてますか」、杉山清貴「風のLONLEY WAY」、光GENJI「Diamondハリケーン」、浅倉大介「COSMIC RUNAWAY」、スターダスト・レビュー「君のキャトル・ヴァン・ディス」、崎谷健次郎「Because Of Love」、ほか

●プロデュース
プリンセス・プリンセス『TELEPORTATION』（アルバム）、「世界でいちばん熱い夏」、ほか

思いどおりに作詞ができる本

2012年5月25日　第1版1刷発行
2019年10月25日　第1版6刷発行

- ●著者　田口 俊
- ●発行所　株式会社 リットーミュージック
  〒101-0051　東京都千代田区神田神保町一丁目105番地
  ホームページ　https://www.rittor-music.co.jp

- ●発行人　松本大輔
- ●編集人　永島聡一郎
- ●編集担当　服部 健
- ●デザイン／DTP　石崎 豊
- ●イラスト　オーグロ慎太郎
- ●第2〜5章取材／構成　関口真一郎
- ●協力　MICA MUSIC LABORATORY、雲母社、兼松 光
- ●印刷／製本　中央精版印刷株式会社

［乱丁・落丁などのお問い合わせ］
TEL：03-6837-5017　／　FAX：03-6837-5023
service@rittor-music.co.jp
受付時間／10:00-12:00、13:00-17:30（土日、祝祭日、年末年始の休業日を除く）

［書店様・販売会社様からのご注文受付］
リットーミュージック受注センター
TEL：048-424-2293　／　FAX：048-424-2299

［本書の内容に関するお問い合わせ先］
info@rittor-music.co.jp
本書の内容に関するご質問は、Eメールのみでお受けしております。お送りいただくメールの件名に「思いどおりに作詞ができる本」と記載してお送りください。ご質問の内容によりましては、しばらく時間をいただくことがございます。なお、電話やFAX、郵便でのご質問、本書記載内容の範囲を超えるご質問につきましてはお答えできませんので、あらかじめご了承ください。

© 2012 Shun Taguchi, Rittor Music Inc.
本書の記事、図版等の無断転載、複製はお断りします。乱丁・落丁本はお取り替えいたします。
定価はカバーに表示してあります。

JASRACの承認により許諾証紙貼付免除　JASRAC 出 1205663-906　NO COPY

許諾番号の対象は、当該出版物中、当協会が許諾することのできる著作物に限られます。

NexTone　PB44305号
Printed in JAPAN　ISBN978-4-8456-2095-1　定価（本体1,700円＋税）